서던 캘리포니아에는 비가 오지 않는다

It doesn't rain in Southern California

영화, 음악과 함께 미국의 도시로 떠나는 여정

서던 캘리포니아에는 비가 오지 않는다

이영길 지음

It doesn't rain in
Southern California

좋은땅

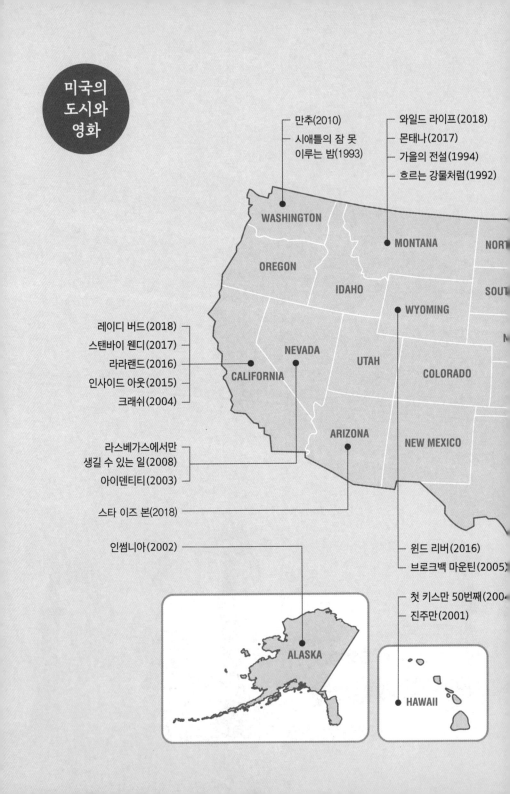

미국의 도시와 영화

만추(2010)
시애틀의 잠 못 이루는 밤(1993)

와일드 라이프(2018)
몬태나(2017)
가을의 전설(1994)
흐르는 강물처럼(1992)

WASHINGTON

OREGON

IDAHO

MONTANA

NORT

SOUT

WYOMING

레이디 버드(2018)
스탠바이 웬디(2017)
라라랜드(2016)
인사이드 아웃(2015)
크래쉬(2004)

NEVADA

CALIFORNIA

UTAH

COLORADO

라스베가스에서만 생길 수 있는 일(2008)
아이덴티티(2003)

ARIZONA

NEW MEXICO

스타 이즈 본(2018)

인썸니아(2002)

윈드 리버(2016)
브로크백 마운틴(2005)

첫 키스만 50번째(200
진주만(2001)

ALASKA

HAWAII

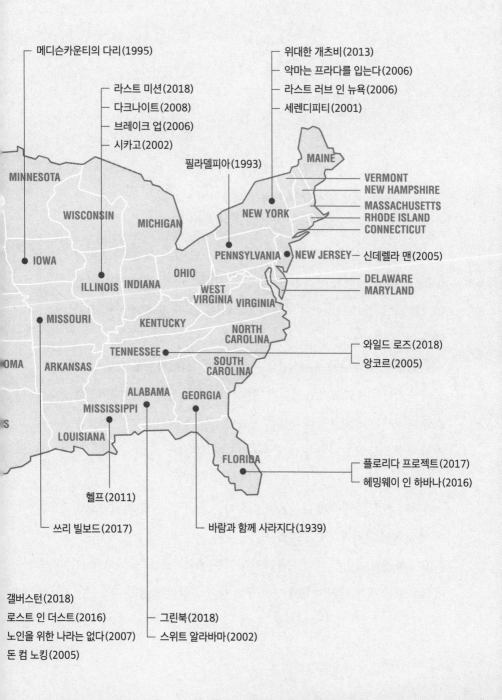

메디슨카운티의 다리(1995)

위대한 개츠비(2013)
악마는 프라다를 입는다(2006)
라스트 러브 인 뉴욕(2006)
세렌디피티(2001)

라스트 미션(2018)
다크나이트(2008)
브레이크 업(2006)
시카고(2002)

필라델피아(1993)

MAINE

MINNESOTA

VERMONT
NEW HAMPSHIRE
MASSACHUSETTS
RHODE ISLAND
CONNECTICUT

WISCONSIN

MICHIGAN

NEW YORK

IOWA

PENNSYLVANIA   NEW JERSEY — 신데렐라 맨(2005)

OHIO

ILLINOIS   INDIANA

DELAWARE
MARYLAND

WEST
VIRGINIA   VIRGINIA

MISSOURI

KENTUCKY

OMA

ARKANSAS

NORTH
CAROLINA

와일드 로즈(2018)
앙코르(2005)

TENNESSEE

SOUTH
CAROLINA

S

ALABAMA   GEORGIA

MISSISSIPPI

LOUISIANA

FLORIDA

플로리다 프로젝트(2017)
헤밍웨이 인 하바나(2016)

헬프(2011)

쓰리 빌보드(2017)

바람과 함께 사라지다(1939)

갤버스턴(2018)
로스트 인 더스트(2016)
노인을 위한 나라는 없다(2007)
돈 컴 노킹(2005)

그린북(2018)
스위트 알라바마(2002)

이 책은 여행이야기가 아닌
외로운 사람들을 위한 감성 에세이이다.

어릴 적 내가 살던 시골은 마치 나이트 샤말란 감독의 영화 〈빌리지 (village)〉처럼 세상과 단절된 곳 같았다. 시내로 나가려면 1시간 이상 버스를 타야 했고 겨울철엔 하루 종일 사람을 볼 수 없을 정도로 적막했다.

방과 후엔 들로 나가 농사일을 도와야 했으며 신문지로 도배가 된 흙집에서 쥐들과 공존하기도 했다. 그런 고립된 환경에서 나를 지탱해 준 소중한 친구는 라디오였다. 라디오는 단절된 세상에서 느끼는 외로움과 육체적 노동의 고단함을 달래 주는 청량제 같았다.

가난한 시골 소년에게 다가온 라디오의 미친 마력은 팝 칼럼니스트에 대한 희망을 가져다주기도 했다.

10대 초반의 나이에 에어 서플라이와 엘튼 존의 소프트 팝(Soft Pop)에 익숙해진 내게 돌리 파튼과 앤 머레이 풍의 음악적 감성이 더해졌을 때 난 비로소 컨트리 장르에 최적화된 사람임을 알았다. 그때부터 순수 백인의 전통음악인 컨트리만 듣는 음악적 편식에 빠졌고, 기회가 있을 때마다 컨트리의 뿌리를 찾아 미 남부도시로의 여행을 시작했다. 테네시, 알라바마의 딥 사우스(Deep South)에서 텍사스, 아리조나의 와일드 웨스턴(Wild Western)에 이르기까지 컨트리의 멋과 맛을 찾아가는 음악여행이었다. 이를 발판으로 미국의 50개 주를 밟아 보고 싶다는 버킷리스트가 생겼다.

2000년 밀레니엄 시대가 도래하자 획기적 변화가 일어났다.

인터넷을 통해 동호인을 알게 되면서 국내에서 혼자만이 컨트리 음악을 좋아할 거란 편견이 깨지기 시작했다. 오프라인을 통해 만난 마니아들과 함께 송탄, 이태원의 웨스턴 바를 다니며 컨트리 음악에 대한 대리만족을 실현했다. 용산 미군캠프에 군인 가족들을 위문하고자 내한하는 컨트리 가수들을 만나는 일은 더할 나위 없는 기쁨이었다. 아마존을 통해 국내에서 발매되지 않는 컨트리 음반을 구매하는 일과 컨트리 여신 테일러 스위프트(Taylor Swift)의 내한 공연을 지켜보는 것은 내겐 혁명과도 같은 일이었다. 해마다 〈American Idol〉과 NBC의 〈The Voice〉의 우승자를 지켜보는 일과 할리우드 영화를 통해 미국의 문화, 역사에 대한 지식을 쌓는 것은 큰 즐거움이었다.

어릴 적부터 할리우드 영화에 관심이 많던 내게 미국도시의 풍경은 영화 장면처럼 다가왔다. 도시를 돌며 순간순간 느꼈던 감흥들이 켜켜이 심장에 쌓여 갔고 그 감흥들을 하나씩 꺼내 글을 쓰기 시작했다.

이 책은 여행에 관한 책이 아닌 감성 에세이이다. 가난하고 외로운 사람들의 이야기이다. 나는 '자발적 고립'이란 단어를 좋아한다. 방해받지 않고 온전히 고립된, 나만의 시간 찾기인 셈이다. 이 책은 할리우드 영화 촬영지에서 영화와 음악이야기를 하며 작가의 삶을 회고하는 자전적 이야기이다. 또한 미국의 역사, 도시, 문화에 대한 지식을 작가의 관점에서 독자들과 공유하는 자리이다. 어쩌면 오랜 바람이던 미국의 도시들을 돌아보는 꿈을 이 책을 통해 실현하고 있는지도 모른다. 그래서 영화는 영화대로 음악은 음악대로 정겹다.

원고를 넘기며 '누군가가 내 책을 읽어 줄까?'라는 의구심을 가져 보았다. 하지만 늘 그렇듯 이 책의 진정한 독자는 나 자신이며, 어릴 적 꿈꿔 왔던 팝 칼럼니스트의 꿈을 실현하는 데 의미를 부여하며 만족을 한다.

이 책을 통해 우리가 일상에 지쳐 미처 느끼지 못했던 과거의 정겨운 추억들이 새록새록 꺼내졌으면 하는 바람이다.

이 책이 나오기까지 현재 남부 캘리포니아 샌 디에고(San Diego)에 살며 항상 컨트리 음악에 대한 영감과 정서를 공유하는 namoota 님과 내 삶을 존중하며 응원해 준 아내에게 감사의 말을 전한다.

2020년, 아마릴로를 꿈꾸며
이영길

추천의
글

심리학자의 연구에 의하면 1970년대 전후에 Rock을 좋아했던 세대
는 그렇지 않은 세대보다 중년 이후 행복지수가 훨씬 높다고 한다.

1970년대 Rock 음악에 흐르는 정신은 주로 기성세대에 대한 저항과
자유였을 텐데 할머니, 할아버지가 된 그들은 오늘도 젊었을 때의 히피
모습 그대로 Rock 콘서트를 찾아다니며 문신한 팔을 번쩍 들고 "Long
Live Rock!"을 외치며 그때의 저항, 자유 정신을 잊지 못하고 있다.

같은 맥락으로 이 책을 쓴 저자의 평생 관심사인 컨트리 음악은 1970
년대 Rock을 좋아하던 이들이 느낀 정신과 정서와는 다르지만 그 현상
만큼은 별반 다르지 않다고 본다.

컨트리 음악은 미국 백인들이 주류음악에 대한 필요성과 역사를 만
들고자 하는 욕구로 긴 세월 내려온 음악이다.

Rock이 초기 컨트리 음악인 Honk Tonk에 흑인 노예의 노동요인 블
루스의 영향을 받아 만들어졌다면 컨트리 음악은 스코틀랜드와 아일랜
드 이주민을 통해 전해진 민속음악 장르이다.

신대륙의 최초 이주자인 앵글로색슨족이 만들어 놓은 기득권 계층에

편입될 수 없었던 스코틀랜드와 아일랜드의 후발 이주민들은 일종의 계약제 농노로서 흑인 노예와 다름없는 비참한 생활을 했다.

그들은 힘든 노동이 끝나면 고향에 대한 향수와 고단함, 현실에 대한 비참한 심정을 노래로 풀었는데 그 음악이 바로 컨트리 음악의 뿌리인 블루그래스(Bluegrass) 음악이 된 것이다.

그 연유로 그들이 정착해 살던 유일한 인접도시인 내쉬빌(Nashville, TN)이 컨트리 음악의 발생지가 되었다.

이렇듯 블루스나 컨트리는 미국사회의 주류인 WASP(White Anglo Saxon Protestant)이 만든 문화가 아니며 일종의 기층민중의 노동요로 시작되어 지금은 미국의 상징 카우보이의 음악이 되었고 모든 지역 백인에게 마음속의 포크 음악(Folk music)이 되었다.

이런 역사적 배경을 갖고 있는 음악을 그 멀리 있는 한국의 소년(저자가 말한 대로 시골에서 어린 시절을 보낸 내성적인 소년)이 어떤 경유로 컨트리 음악에 영혼의 주파수가 맞아서 평생을 사는지 알다가도

모를 일이다.

사실 컨트리 음악을 좋아하는 사람들은 대부분 스스로 의미를 부여한다. 그 의미가 가치가 있는지 없는지는 중요치 않다.

아인슈타인 박사가 유언에서 "죽음이란 모차르트 음악을 못 듣게 되는 것이다."라고 했듯 저자와 컨트리 음악은 떼려야 뗄 수 없는 평생 동반자라는 말은 과장된 말이 아닐 것이다.

저자는 기회만 있으면, 아니 억지로 기회를 만들어 주로 컨트리 음악이 OST로 사용된 영화의 현장을 찾아다니며 그때 느낀 감동을 글로 썼다.

쉽지 않은 일을 해냈다는 생각과 동시에 미국의 거친 시골을 로드 트립(Road Trip) 했을 일행들의 노고가 눈에 선하다.

끝으로 유럽여행은 문화를, 미국여행은 자연을 본다는 도식적인 생각에 사로잡혀 미국여행을 갔다 온 후 기억나는 것은 사막과 캐니언(Canyon) 그리고 하루 종일 타고 다녔던 투어 버스(Tour Bus)밖에 없다는 사람들에게 미국에도 예술과 문화, 음악이 있고 지역마다 독특한 먹거리가 있으며 또 네이티브 어메리칸(Native American)의 가슴 아픈 역사가 곳곳에 숨어 있는 매력적인 여행지임을 피력하고 싶다.

당연히 한두 시간 정도는 핸들 한번 돌리지 않고 달릴 수 있는 광활한 자연에서의 로드 트립(Road Trip)이 최고의 가치임은 두말할 필요가 없겠다.

이 책이 앞으로 미국을 방문하는 모든 이들에게 음악과 더불어 주제가 있고 영감을 주는 그리고 영원히 잊히지 않는 여행을 하는 데 도움이 되었으면 한다.

from San Diego,

Namoota

목차

1.

서던 캘리포니아에는
비가 오지 않는다

●
○

캘리포니아 북부도시 새크라멘토에 이른 아침부터 비가 내린다.

알버트 하몬드의 노래 ⟨It Never Rains In Southren California⟩(1973)처럼 캘리포니아에서는 비를 보기가 좀처럼 힘들다. 건조한 사막기후 영향이라고 한다.

조슈아 트리로 뒤덮인 서부의 평원 위에 마치 새의 둥지처럼 자리한 아늑한 도시. 캘리포니아에서 네 번째로 큰 도시 새크라멘토는 로스앤젤레스의 화려함도 샌프란시스코의 우아함도 없지만 복잡하지 않은 여유로움과 함께 고즈넉한 시골마을처럼 정감이 흐른다.

시에라네바다 산맥을 베고 누운 새크라멘토의 올드타운에는 데님 청바지를 입고 금광을 캐는 젊은이들의 영혼의 목소리와 먼지를 품고 묵시적 살인의 결투를 벌이는 서부 총잡이들의 총소리가 들리는 듯하다.

시내로 들어서자 새크라멘토강을 가로지르는 겨자색의 타워 브릿지가
마중 나와 반긴다.
도시의 명물인 이국적인 노란색 트램과 도로변의 녹색 양잔디가 잘 어
울리는 깔끔한 도시다.
새크라멘토 시화인 동백꽃이 군락을 이루며 빨간 볼을 맞대고 조잘거
리고 있고 같은 키로 자라난 볏잎들이 태평양 연안에서 불어오는 바람
으로 서로의 어깨를 툭툭 치며 힘자랑을 한다.

한 번도 거쳐 간 적 없는 이 도시가 마치 나의 유년시절 정겨운 고향처
럼 느껴지는 이유는 뭘까?

새크라멘토의 관문, 타워 브릿지

영화 〈레이디 버드(Lady Bird)〉

해답을 찾는 데는 오랜 시간이 필요하지 않았다.

영화 〈레이디 버드(Lady Bird, 2018)〉의 크리스틴이 17살이 되도록 살았던 고향이기 때문이다.

"난 새크라멘토가 싫어⋯ 언덕이 많아서⋯."

〈레이디버드〉 속 두 소녀는 촌스럽다고 여기는 고향을 벗어나 뉴요커가 되고 싶은 욕망을 '언덕'이라는 단어로 에둘러 표현한다.

새크라멘토에서 태어나 자란 17살의 소녀는 늘 뉴욕의 대학을 꿈꾸지만, 넉넉지 않은 집안 형편과 가톨릭 고교에 대한 불만이 가득하다.

비뚤어진 반항적 성격, 여주인공 시얼샤 로넌(크리스틴 役)의 새크라멘토에 대한 불만은 마치 자신이 어릴 적 악역을 맡았던 영화 〈어톤먼트 (Atonement, 2008)〉에서의 브라이오니와도 닮아 있다.

13세의 브라이오니는 언니 키이라 나이틀리(세실리아 役)와 제임스 맥어보이(로비 役)의 사랑에 질투를 느껴 거짓말로 이들에게 비극적 운명을 초래하고 결국 평생을 속죄(Atonement)하며 살게 된다.

이곳 새크라멘토 출신 여성인 그레타 거윅(Greta Gerwig) 감독은 자전적인 영화 〈레이디 버드〉를 통해 도시의 아름다움과 불우한 크리스틴의 성장과정을 꾸밈없이 보여 준다.

크리스틴의 과거가 마치 자신의 과거, 아니 우리 모두의 과거인 것처럼….

영화 후반부에 시얼샤 로넌이 고향을 떠나기 전 새크라멘토 시내를 돌아보며 자신이 벗어나고 싶었던 도시가 그토록 아름다운 곳이라는 걸 알고 후회하는 장면이 애잔하게 흘러간다.

이들 두 여성 그레타 거윅 감독과 시얼샤 로넌은 남북전쟁을 배경으로 한 영화 〈작은 아씨들(Little Women, 2019)〉에서 또 한 번 환상적인 호흡을 이어 갔다.

다코타 패닝 주연의 〈스탠바이, 웬디(Please Stand By, 2017)〉는 또 다른 〈레이디 버드〉다.

우리 자신의 꿈 이야기를 일기장에 담는 기억의 습작이다.

이번에는 자폐성 장애를 가진 여주인공 웬디가 시나리오 작가의 꿈을 이루기 위해 샌프란시스코에서 LA로 600㎞의 여정을 떠난다.

파라마운트를 향해 꿈을 들고 향하는 웬디의 소소한 일탈을 담백한 웃

영화 〈스탠바이, 웬디(Please Stand By)〉

음으로 담아냈다. 그녀가 가는 길 곳곳에 캘리포니아의 아름다운 영상
미가 드러난다.

〈아이 엠 샘(I Am Sam, 2001)〉에서의 어린 다코타 패닝은 벌써 이 영화
만큼이나 성장했다. 아프지만 희망을 전달하는 이야기, 〈스탠바이, 웬
디〉역시 레이디 버드의 제작진이 만들었다.

점심 무렵 골드 카운티에 있는 새크라멘토 리버 트레인에 올라 수제 맥
주로 목을 축이며 서부 프런티어 시대로 시간여행을 떠난다.

1848년 1월 미국의 역사를 뒤흔드는 금이 새크라멘토에서 최초로 발견
되면서부터 '골드러시(Gold Rush)'를 이루며 30만 명이 캘리포니아로
모였다.

열차는 이들 포티 나이너스(Forty - Niners, 캘리포니아 이주가 보격화

된 1849년대 사람들을 일컫는 말)의 부푼 꿈을 안고 우드랜드를 향해
10마일의 아주 느린 속도로 달린다.

차창 밖으로 한적한 농장의 건초더미에 누워 카우보이 모자로 햇볕을
가리고 고단함을 달래고 있는 케빈의 모습이 그려진다.

새크라멘토의 명물, 리버 트레인(River Train)
사진 출처: visitcalifornia.com

하얀색 캘리포니아 주청사 건물이 내다보이는 한 카페에서 진한 아메리
카노 한잔과 함께 제니스 이안*의 노래 〈At Seventeen〉(1975)을 듣는다.
중세 유럽의 음유시인처럼 읊조리는 제니스의 목소리에서 소외받은 젊
은 청춘들의 아픈 상처가 고스란히 전해진다.

I learned the truth at seventeen

That love was meant for beauty queens

And high school girls with clear skinned smiles

Who married young and then retired

The Valentine's I never knew

The Friday night charades of youth

Were spent on one more beautiful

At seventeen I learned the truth

열일곱 살에 진실을 알았죠

사랑은 예쁜 아이들에게만 해당한다는 것을

그리고 깨끗한 피부의 미소를 가진 여고생들은

결혼도 일찍 하고 은퇴를 하죠

난 발렌타인데이라는 게 있는지도 몰랐어요

젊은 날의 금요일 밤 제스처 게임은

보다 예쁜 애를 중심으로 진행됐어요

나는 열일곱 살에 진실을 알았어요

17살의 나는 우울했다.

지독히 가난한 시골의 사춘기 소년에겐 미래에 대한 희망도 바람도 없었다.

아니, 그보다 체념을 먼저 배웠다.

돈을 벌어야 하는 절박함에 대학을 포기하고 실업계 고등학교를 택했기 때문이기도 했지만 더 큰 문제는 적성에 맞지 않는 3년의 학과 생활 때문이었다.

방송반에서 틀어 주는 사이먼 앤 가펑클의 노래가 가끔씩 위안거리였지만 난 늘 혼자였고, 스스로 그 익숙함을 배웠다.

그때 나의 유일한 친구는 라디오였으며 꿈꿀 수 없는, 꿈을 꿔서도 안될 팝 칼럼니스트의 꿈을 가슴속에 감추며 자랐다.

코린트 양식으로 지어진 주 의회 의사당의 황금 원형 지붕을 빗방울들이 요란하게 두들기기 시작한다.

건물을 배경으로 사진을 찍기 위해 우산을 들고 있는 안내 직원에게 부탁했다.

캘리쏘니아에 정말 오랜만에 내리는 비라는 말을 꺼내며 동양의 낯선 이방인에게 건네는 그녀의 하얀 미소가 오히려 슬프게 느껴졌다.

바로 이곳에서 〈레이디 버드〉의 크리스틴이 그토록 갈망하던 뉴욕의 대학이 마치 내가 어릴 적 꿈꾸었던 미래의 모습처럼 여겨진다.

그 시절 대학에 가고 싶다는 내게 아무것도 해 줄 수 없어 나를 부둥켜안고 어머니가 흘리셨던 수많은 눈물들… 그리고 공항에서 그토록 냉정하게 대했던 딸을 떠나보내며 〈레이디 버드〉의 엄마가 차 안에서 흘렸던 눈물들이 빗물이 되어 커피숍의 보라색 어닝 라인을 따라 뚝뚝 떨어진다.

이젠 오십을 훌쩍 넘어선 나이지만 내 어린 시절의 아련함은 또 하나의
추억이 되어 왼쪽 가슴 깊숙이 내려앉는다.

어느새 비가 멈춰 버린 회색빛 새크라멘토 시내를 벗어나며 그 가여웠
던 17살의 나를 안으며 조용히 혼잣말을 건네어 본다.

'그래 잘했어, 잘 버텨 줘서 고마워….'

＊**제니스 이안**(Janis Ian, 1951. 4. 7, 뉴욕 출생)

- 미국의 포크 가수. 1967년 1집 앨범《Janis Ian》발표
- 1975년, 2013년 그래미 어워드 2회 수상
- 대표곡: 〈At Seventeen〉, 〈The Other Side of The Sun〉 등

캘리포니아 풍경(The Firehouse Museum)

2.

스위트 알라바마에서 만난
외로운 방랑자

●

○

미 동남부의 알라바마주를 찾은 것은 2013년 늦가을이었다.

엘비스 프레슬리의 고향 멤피스에서 버밍햄으로 내려가는 하이웨이 주변엔 '목화의 고장(Cotten States)'답게 미처 수확하지 못한 목화 열매가 삐져나온 이불솜처럼 하얗게 군락을 이루고 있었다.

미국인조차 가지 않는 미국 '시골의 대명사' 알라바마주를 찾은 이유는 무엇이었을까?

그것은 더 늦기 전에 〈포레스트 검프(Forrest Gump, 1994)〉와 〈스위트 알라바마(Sweet home Alabama, 2002)〉, 그리고 컨트리 가수 에밀루 해리스의 향수를 찾기 위해서였다.

알라바마주는 마틴 루터 킹 목사의 흑인 민권운동이 시작된 몽고메리와 자동차의 도시 버밍햄을 중심으로 발전했다. 또한 미국 남북전쟁 시

알라바마주의 목화 농장

남부군의 수도이기도 해 '남부의 심장(The heart of Dixie)[1]'으로 일컬어
지는 곳이다.

다운타운이 시야에 들어오자 전형적인 시골을 상상했던 편견들이 하나
둘씩 깨지기 시작했다. 그레이와 베이지 색상의 거대한 직육면체 빌딩
숲이 웅장하게 도시를 형성하고 있었다.

"Run! Forrest Run!"

터스컬루사에 위치해 있는 알라바마 주립대학에서 포레스트 검프가 세

---

1)   미 NBC 방송의 오디션 프로그램인 〈더 보이스〉의 4회 우승자 다니엘 브래드베리(Danielle
Bradbery)는 〈The heart of Dixie〉(2016)라는 데뷔 곡을 발표하기도 했다.

상에서 가장 눈부신 달리기를 하는 모습을 상상해 본다.

미국의 한 시대를 풍미한 로버트 저메키스 감독의 영화 〈포레스트 검프〉는 이곳 알라바마의 역사적 상징이 되었다.

미국 남부 중심의 보수적인 성향을 드러낸 영화라는 비평도 받았지만 포레스트는 순수함과 희망의 메시지를 품고 알라바마주를 횡단한다.

영화 〈스위트 알라바마(Sweet home Alabama)〉

리즈 위더스푼 주연의 영화 〈스위트 알라바마〉는 사업가이자 뉴욕시장의 아들인 남자와 알라바마의 시골 고향 친구인 두 남자 사이의 갈등을 그린다.

결국 고향 남자를 택한다는 진부한 사랑이야기지만 영화 곳곳에 배어나는 컨트리 음악과 웨스턴 바의 라인댄스, 남북전쟁 재현 등 미 남부 특유의 색깔을 잘 드러낸 영화이기도 하다.

리즈 위더스푼은 〈금발이 너무해(Legally Blonde, 2001)〉에서의 섹시한 도시 여자와는 달리 〈스위트 알라바마〉에서 구수한 남부 사투리를 맛깔스럽게 구사하며 시골 이미지를 잘 소화했다.

비평가들의 혹평에도 불구하고 1억 3천만 달러의 흥행을 기록한 것을 보면 미국인들의 고향에 대한 향수병(homesick)이 어느 정도인지를 알 수 있다. 이렇듯 미국의 시골을 더 시골스럽게 보여 주는 딥 사우스 (Deep South)가 알라바마이다.

'남부의 피츠버그(Pittsburgh of the South)'로 불리는 버밍햄(Birmingham) 의 다운타운으로 향한다.

차 안에서 에밀루 해리스(Emmylou Harris)*가 그녀의 음악 동반자 그램 파슨스(Gram Parsons, 1946~1973)에게 바쳤던 처절하도록 슬픈 헌정곡 〈Boulder to Bermingham〉(1975)을 들으며 나의 고교시절 생각에 잠긴다.

> I don't want to hear a love song
> I got on this airplane just to fly
> And I know there's life below me
> But all that it can show me
> Is the prairie and the sky
> And I don't want to hear a sad story
> Full of heartbreak and desire

The last time I felt like this

I was in the wilderness and the canyon was on fire

And I stood on the mountain

In the night and I watched it burn

I watched it burn, I watched it burn

사랑 노래를 듣고 싶지 않아요

난 비행기에 올랐죠

저 아래 인간세상이 있다는 걸 알지요

하지만 당신이 내게 보여 줄 수 있는 모든 것은

대초원과 하늘뿐이에요

슬픈 이야기를 듣고 싶지 않아요

비탄과 욕망으로 가득 찬 그런…

내가 그것을 느꼈을 때 난 광야에 있었지요

그리고 협곡이 불에 타고 있을 때

나는 산 위에 서 있었고요

밤이었고 불타는 그것을 봤어요

나는 화염을 봤고 또 화염을 봤어요

"학생, 왜 매일 이 가게 앞에 앉아 있는 거지?"

"아 예…. 에밀루 해리스 노래를 틀어 주시잖아요."

고교시절 학교를 마치고 한 시간 간격으로 운행되는 130번 버스를 기다리기 위해 매일같이 대전의 홍명상가에 있는 레코드점 앞 계단에 앉아 스피커를 통해 흘러나오는 노래를 들었다.

의아하게 생각한 30대 중반으로 보이는 레코드 가게 여사장은 자신도 에밀루 해리스의 팬이라며 카세트테이프를 건네주었고 그렇게 나의 컨트리 음악 인생이 시작되었다.

에밀루 해리스(Emmylou Harrris)

알라바마주 버밍햄에서 태어난 에밀루 해리스(Emmylou Harris, 1947~)는 아픈 역사를 가진 고향 알라바마를 노래했다.

〈Blue Kentucky Girl〉, 〈Green Rolling Hills〉 등 내쉬빌을 활동 무대로 삼고 13회의 그래미상을 수상했지만 그녀는 노래 속에서 늘 켄터키와 알라바마를 그리워했다.

군인 집안에서 출생한 에밀루 해리스가 컨트리 음악의 세계에 닿기 위해 걸었던 길은 결코 순탄치 않았다.

첫 앨범에 실패하고 결혼 생활까지 실패한 에밀루에게 신의 손길을 뻗친 음악적 멘토는 싱어송라이터 그램 파슨스였다.

하지만 1973년 그램 파슨스가 캘리포니아주 사막 지대에 위치한 한 모텔에서 약물 과다 복용으로 사망하고 에밀루는 비탄에 잠긴다.

고난을 이겨 낸 에밀루는 앨범 《Pieces of the Sky》를 발표하며 전성기를 맞는다.

그녀의 호소력 짙은 목소리에선 맑지만 폐부를 찌르는 듯한 애절함이 묻어난다.

난 슬프거나 외로울 때면 에밀루 해리스의 노래를 들었다.

더 슬퍼지고 그 외로움이 절정에 다다른 후엔 오히려 평온함이 찾아오기 때문이었다.

다운타운 식당에서 저녁식사를 마치고 숙소로 이동할 때였다.

Deep South 알라바마주 몽고메리 전경

시내 중심가의 한 공원에서 익숙한 노랫소리가 들려 자연스레 그곳으로 발이 움직였다.
청바지에 카우보이 모자를 눌러쓴 한 백인 남자가 10여 명의 군중 앞에서 어쿠스틱 기타를 치며 에밀루 해리스의 곡 〈Wayfaring Stranger〉를 부르고 있었다.

I am a poor wayfaring stranger
While traveling thru this world of woe
Yet there's no sickness, toil or danger
In that bright world to which I go
I'm going there to see my father
I'm going there no more to roam
I'm only going over Jordan
I'm only going over home

나는 고통으로 가득 찬 세상의 인생길을 떠돌아다니는
외로운 방랑자입니다
더 이상 병도 없고 고생이나 위험도 없는
밝고 빛나는 세상을 찾아가고 있습니다
나의 아버지를 만나기 위해 그곳으로 가고 있습니다
방황이라고는 더 이상 없는 그곳으로 가고 있습니다

요단강을 건너서 그곳을 가고 있습니다

고향을 찾아서 가고 있습니다

마치 내 인생인 양 음악을 듣다 심취해 5달러 지폐를 기타 케이스에 넣
어 주자 그는 옅은 미소로 대답한다.

결국 인생은 수많은 우연과 인연으로 점철된 것이 아닌가?

버밍햄의 한 카우보이가 날 이곳으로 오게 했을 것이란 필연을 생각하
며 유쾌한 마음으로 발길을 옮겼다.

알라바마의 가을은 또 그렇게 깊어 갔다.

---

* **에밀루 해리스**(Emmylou Harris, 1947. 4. 2, 알라바마주 버밍햄 출생)

- 1969년 앨범 《Gliding Bird》으로 데뷔, 연주자 그램 파슨스와 음악 시작
- 1975년 앨범 《Dieces of The Sky》에 수록된 〈If I Could Only Win Your Love〉
  컨트리 싱글 차트 1위 기록, 1977년 《Elite Hotel》 발표
- 1975년 그래미 어워드 최우수 여성 컨트리가수상 수상, 2015 폴라음악상 수상
- 대표곡: 〈Pledging My Love〉, 〈Save The Last Dance For Me〉, 〈Tennessee
  Rose〉 등

버밍햄의 공공건물. 회색 콘트리트 건물에서 미국 특유의 강인함이 느껴진다

3.

남부의 아름다운 고도(古都)
찰스턴

●
○

"어떻게 이름 하나가, 실제가 아닌 이름 하나가 이렇게 가슴을 아프게
할까요?"

영화 〈콜드 마운틴(Cold Mountain, 2003)〉에서 주드 로(인만 役)가 자신을 기다리는 연인 니콜 키드먼(아이다 役)이 있는 고향 '콜드 마운틴'을 두고 한 말이다.

영화 〈노트북(Note Book)〉

남북전쟁을 배경으로 한 이 영화는 8300만 달러가 투입된 대작이었음
에도 정작 국내에선 〈실미도(Silmido, 2003)〉의 열풍으로 묻혀 버리고

말았다.

〈콜드 마운틴〉에서 여주인공 아이다가 떠나온 고향 '찰스턴(Charlston)'. 뉴욕에 가고 싶다는 지인을 설득시켜 남부 찰스턴을 찾았다. 오래전 노스 캐롤라이나주에서 2년간 유학생활을 했던 한 학생이 자신이 가장 좋아하는 도시라고 했던 말이 각인된 이유이기도 했다.

찰스턴은 남부의 화려한 번영을 꿈꾸던 사우스 캐롤라이나주의 고도(古都)이며 아름다운 항구도시다.

찰스턴에서는 일찍이 목화와 쌀을 플랜테이션으로 하는 도시의 특성으로 농사의 경험이 있는 서아프리카의 노예가 필요했다.

훗날 이들 노예문제가 발난이 되어 62만 명이 희생된 남북전쟁(Civil War, 1861~1865)의 아픈 역사를 지닌 곳이기도 하다.

야자수가 즐비한 도로 곳곳에는 햇빛에 반짝이는 핑크 뮬리들이 분홍빛 수줍음을 더한다.

미국이 원산지인 핑크 뮬리 그라스(Pink Muhly Grass)는 서부나 중부의 따뜻한 지역의 평야에서 자생하는 여러해살이 풀이지만, 최근 우리나라에도 많은 지역에 조경용으로 식재되고 있다.

시티 마켓에서는 역사의 산물답게 다양한 유리 공예품들이 경쟁하듯 반짝거리고 점원은 의도적으로 남부 특유의 사투리를 내뱉는다.

형형색색의 건물 외장과 교회의 종탑들은 한 편의 그림 엽서처럼 아름답다.

사우스 캐롤라이나의 고도 찰스턴

미국 속의 작은 유럽, 유서 깊은 도시여행을 통해 〈노트북(The Notebook, 2004)〉의 주인공 라이언 고슬링(노아 役)이 된다.

그림같이 고풍스런 도시엔 레이첼 맥아담스(엘리 役)가 먹던 아이스크림이 녹아 있고, 노아가 타던 자전거가 살아 있다.

첫눈에 반한다는 건 어떤 느낌일까?

〈비포 선라이즈(Before Sunrise, 1995)〉의 에단 호크와 줄리 델피가 그랬고, 〈세렌디피티(Serendipity, 2001)〉의 존 쿠삭과 케이트 베킨세일이 그랬다.

하지만 〈노트북〉에서 노아가 앨리를 처음 보았을 때의 느낌은 그 어느 순간보다 강렬했다.

놀이기구에 매달려 프러포즈 하는 장면, 차도에 나란히 누워 하늘의 별을 바라보는 장면, 사이프러스 가든에서 노를 젓는 인상적인 장면들을 떠올렸다.

찰스턴 거리가 영화 촬영지의 전부라는 안내를 받고 약간 실망스럽기는 했지만 특별히 그 장소를 찾아갈 의미는 없어 보였다.

노아와 앨리의 첫 번째 사랑은 신분의 차이를 극복하지 못한다.

앨리의 어머니는 노아의 편지를 감추며 어린 앨리를 노아와 떼어 놓게 된다.

첫사랑의 약속을 지키기 위해 평생을 바친 한 남자의 이야기. 〈노트북〉은 2004년 개봉 당시 많은 국내 여성 관객들의 눈물샘을 자극시켰으며, 빌리 홀리데이(Billie Holiday)와 베니 굿맨(Benny Goodman) 등 재즈 거장들이 참여한 사운드트랙 또한 수작으로 평가받고 있다.

국내 팬들에게 다시 보고 싶은 로맨스 영화 1위에 선정되었으며, 전 세계 1억 1천만 달러의 흥행 수익을 올린 거작이 되었다.

특히 영화 말미에 과거를 회상하는 노아의 명대사는 실화 로맨스라서 더욱 애틋하다.

> "한여름 로맨스는 갖가지 이유로 끝이 나죠.
> 하지만 나중에 보면 공통점이 있어요.
> 별똥별 같은 사랑으로 하늘에서 내려온 눈부신 별빛과 같죠.
> 잠깐 영원성을 발하다가 눈 깜짝할 사이에 사라지니까."

회화적인 Typical Streets

1970년대 후반 중학생 때 유행하던 펜팔을 해 봤다.

팝송 서적의 맨 뒷장에 기록된 주소를 통해 편지를 주고받는 하이틴 문화였다.

서울 아파트(그 당시 아파트는 로망이었다.) 주소를 골라 또래 여학생과 편지를 주고받았다.

주로 팝송에 관한 얘기와 서울의 호기심을 풀어 주는 대화였다.

2학년이 끝나 갈 무렵 갑자기 편지가 끊겼다.

몇 통을 부쳤지만 답장도 반송도 없었다.

내가 살던 시골은 전화가 보급되지 않았기 때문에 편지 외에는 달리 연락할 방법이 없었다.

나중에 안 사실이지만 소녀의 어머니가 편지를 감추고 전해 주지 않았다고 한다. 앨리의 어머니가 그랬던 것처럼….

시골 소년의 한여름 밤의 꿈이었는지 모른다.

찰스턴 해안으로 나가 바닷바람을 맞는다.

서쪽 태평양 연안의 아름다운 말리부나 산타모니카와는 다르게 바닷물

에 우수가 담겨 있는 느낌이다.

오랜 옛날 이곳으로 들어온 개척자들과 흑인 노예들의 삶이 깃든 고된

역사의 바다라서 더 고독한 바다다.

데어리우스 루커(Darius Rucker)

순수 백인의 영역인 컨트리 음악에서 활동하는 흑인 가수 데어리우스 루커

(Darius Rucker)*가 있다. 스스로를 1966년 찰스턴 출신임을 강조하며 두

번째 앨범 제목을 《Charleston, SC 1966》로 정했다. 이 앨범은 컨트리 앨범

차트 1위를 차지했다.

바다 내음을 들이키며 앨범 타이틀 곡 〈Come Back Song〉(2010)을 듣
는다.

> I woke up again this morning
>
> And wouldn't you know it… pouring rain
>
> I went and burned a pot of coffee
>
> And like that I poured it down the drain
>
> Cause I didn't know I needed you so
>
> And letting you go was wrong

> 아침에 일어나 보니 비가 이렇게 쏟아지는데
>
> 그걸 당신이 알았더라면 좋았을 텐데…
>
> 커피 주전자를 불로 덥혔지만 그냥 커피를 버려 버렸어요
>
> 당신이 이렇게 필요한지 몰랐었기 때문이죠
>
> 당신이 가도록 내버려 둔 게 잘못된 것이라는 것도

찰스턴을 떠난 연인에게 고향으로 돌아오라고 손짓하는 노래다.
노아와 앨리에 대한 진한 그리움이 찰스턴의 붉은 노을에 물든다.
그들의 나이가 된 황혼 무렵에 다시 찾는 찰스턴은 어떤 모습일까?
〈노트북〉을 접으며 옅은 미소를 지어 본다.
찰스턴의 바다는 여전히 도도하게 누워 있다.

*데어리우스 루커(Darius Rucker, 1966. 5. 13, 사우스 캐롤라이나주 찰스턴 출생)

- 컨트리 가수, 1994년 후티 앤 블로우피쉬 앨범《Cracked Rear View》로 데뷔
- 2014년 제56회 그래미 어워드 최우수 컨트리 솔로 퍼포먼스상 수상
- 대표곡: 〈It Won't Be Like This for Long〉, 〈Alright〉, 〈Don't Think I Don't
  Think About It〉 등

찰스턴의 오크 트리(oak-tree)

아! 내쉬빌!

●
○

AT&T 통신회사의 배트맨 건물이 보이는 내쉬빌 시내로 들어서자 가슴
이 뜨거워졌다.

여기가 그토록 오고 싶었던 컨트리 음악의 본고장이던가?

뮤직 로(Music Raw)로 이름 붙여진 거리 곳곳엔 곧 개최될 CMA
Awards(컨트리뮤직 어워드)를 홍보하기 위해 가수 브래드 페이즐리
(Brad Paisley)와 캐리 언더우드(Carrie Underwood)의 배너가 걸려 있
었고, 크고 작은 카페에서는 경쟁하듯 컨트리 음악의 볼륨을 높이고 있
었다.

동남부 테네시주의 주도이자 컨트리 음악도시 내쉬빌(Nashville).

블루스와 재즈가 흑인들의 고달팠던 삶과 영혼을 반영한 음악이라면,

컨트리 음악의 본고장 내쉬빌(Nashville)

컨트리 음악은 미국의 산간과 초원 지대를 배경으로 한 백인들의 삶이 녹아 있는 전통음악이다.

짧은 역사를 가진 미국인들에게 전통음악을 통한 연대의식의 고리는 엄청난 파워를 보여 준다. 그래서 중남부나 서부를 배경으로 한 영화에는 어김없이 컨트리 음악이 사운드트랙으로 등장한다.

컴벌랜드강을 옆에 끼고 짙은 갈색과 아이보리색의 벽돌 건물이 조화를 이루고 인도 곳곳에는 음악의 역사를 고증하듯 컨트리 악기들과 유명 가수의 인형들이 설치되어 있었다.

이곳은 가수 지망생들이 가수로서의 꿈을 꾸며 모여드는 등용문이라 할 수 있다.

가스 부룩스(Garth Brooks)와 테일러 스위프트(Taylor swift)[2]*가 무명
시절에 노래했다는 블루버드 카페에 들어섰다. 작은 카페라고 알고 있
었는데 미국 드라마 〈내쉬빌〉과 테일러의 유명세에 힘입어 규모가 꽤
큰 카페로 변화되어 있었다.

내쉬빌은 어느 장소에서든 음악의 흥겨움에 취한다.

스틸 기타, 피들, 벤죠의 악기 소리가 도시 전체에 스며 있기 때문이다.
그중에서도 흐느끼는 듯한 슬라이드 기법으로 연주하는 스틸 기타
(Steel Guitar, 하와이안 기타로도 불린다.)는 컨트리 음악에서 빼놓을
수 없는 감초 같은 악기다.

내쉬빌 뮤직로(Music Raw)

2) 내쉬빌을 기반으로 스타덤에 오른 컨트리 요정 테일러 스위프트는 2011년 내한공연을
펼쳤으며 팝 앨범을 발표하여 2016년 포브스가 선정한 연예인 수입 1위에 오른 바 있다.

작은 바이올린 모양의 피들(Fiddle)소리는 애절한 감성을 전해 주고 류트족의 발현 악기인 만돌린(Mandolin)은 통통 튀는 상큼함을 더해 준다. 컨트리 가수 팀 맥그로(Tim McGraw)와 영화배우 기네스 펠트로(Gwyneth Paltrow)가 영화 〈컨트리 스토롱(Country Strong, 2010)〉에 출연해 같이 부른 〈Me and Tennessee〉를 들으며 과거로의 시간여행을 떠난다.

1980년대 중반 대전에는 팝 칼럼니스트 이양일 씨가 진행하는 〈컨트리 아워〉라는 FM 로컬 방송이 있었다. 컨트리 음악의 저변이 넓지 않은 국내에서 컨트리와 올드 팝 애호가를 위한 이색적이고 혁신적인 전문 방송이었다.

그 당시 애청자로서 방송국에 자주 엽서를 보내는 집요함(?)을 통해 인연을 맺고 시골 소년 '컨맨(나의 필명이자 컨트리맨의 약칭이다.)'의 컨트리 음악 사랑이 시작되었다.

1960년대 전설적인 컨트리 가수 조지 존스(George Jones)부터 컨트리 여신이라 불리던 테일러 스위프트(Taylor Swift)까지 40년간 가슴 가득히 컨트리 음악을 담았다.

국내에는 컨트리 음반이 판매되지 않아 아마존을 통해 구입했고 몇몇 동호인들과 함께 송탄, 이태원의 컨트리 바를 찾는 등 음악을 접할 수 있는 곳이라면 어디든 찾아 다녔다. 용산 캠프에 미군 위문차 내한하는 컨트리 가수를 보기 위해 스케줄을 확인하며 설레기도 했다.

이렇듯 컨트리 음악은 내 삶이자 나를 일으키는 원동력이 되었다.

그래드 올 오프리(Grand Ole Opry) 무대

나이가 들수록 고향으로 회귀하는 본능은 미국인들도 마찬가지이다.
그래서 여러 팝가수들은 미국 음악의 뿌리를 찾아 이곳 내쉬빌로 돌아
온다.
팝가수 쉐릴 크로(Sheryl Crow), 쥬얼(Jewel) 등이 컨트리 버전의 노래
를 불렀고 얼마 전 ACM 어워드에서는 테일러 스위프트가 13년 만에 내
쉬빌로 돌아왔다고 인터뷰를 하며 감격해한다.
테일러는 첫 데뷔 앨범을《Tim MaGraw》로 정할만큼 팀 맥그로를 우상
으로 여겼으며, 그와 함께 듀엣곡 〈Highway Don't Care〉도 발표하기도
했다.

컨트리 레전드를 그린 벽화
(로레타 린, 윌리 넬슨, 조지 스트레이트 등이 보인다)

기념 티셔츠를 사기 위해 한 매장에 들어서자 캐나다의 싱잉 스위트 하트라 불리는 앤 머레이(Anne Murray)의 간미로운 음성으로 〈Tennessee Waltz〉가 흘러나오고 있었다.

빼앗긴 연인에 대한 슬픔을 테네시 왈츠로 묘사하는 반어적 가사가 더 아프게 다가온다.

패티 페이지(Patti Page)의 원곡인 이 곡은 9주간 빌보드 차트 1위를 차지하였으며, 1956년 테네시의 주가(Official Song of the State of Tennessee)로 선정되었다.

I was dancing with my darling

To the Tennessee Waltz

When an old friend I happened to see

I introduced her to my loved one

And while they were dancing

My friend stole my sweetheart from me

I remember the night

And the Tennessee Waltz

Now I know just how much I have lost

Yes, I lost my little darling

난 사랑하는 연인과 테네시 왈츠에 맞추어

춤을 추고 있었어요

우연히 옛 친구를 만나 사랑하는 사람에게

그녀를 소개 시켜 주었지요

그들이 함께 춤을 추는 동안

내 친구는 내게서 나의 연인을 빼앗아 갔지요

난 그날 밤과 테네시 왈츠를 기억해요

그래요, 아름다운 테네시 왈츠에 맞추어 그들이 춤을 추던

그날 밤

난 내 사랑하는 연인을 잃은 거예요

명예의 전당(The Hall of Fame)은 내쉬빌여행에서 빼놓을 수 없는 곳이다.
이곳에서는 컨트리의 역사와 전설을 확인할 수 있다.

컨트리 음악의 아버지 지미 로저스(Jimmie Rodgers)부터 팻시 클라인 (Patsy Cline), 로레타 린(Loretta Lynn)으로 이어지는 음악의 계보를 레코드 레이블의 동판으로 새겨 전시하고 있었다.

짧은 역사를 소중히 간직하고 싶은 미국인들의 열망이 거대한 스케일로 표현된 것이 마냥 부럽게 느껴졌다. 또한 그랜드 올 오프리 하우스 (Grand Ole Opry House)를 빼놓고는 내쉬빌을 논할 수가 없다.

〈그랜드 올 오프리〉는 1925년 시작된 WSM 방송국의 매주 토요일 열리는 최장수 공개 라이브 방송이다.

컨트리 가수들은 이곳 그랜드 올 오프리 하우스 무대에 서 보는 게 평생의 꿈이라고 한다. 무대에는 관광객을 위해 20달러 정도의 비용으로 기념사진을 찍도록 하고 있었다.

지금 미국에서는 ABC 방송의 TV시리즈 〈내쉬빌〉 시즌 6이 방영 중이다.

전설적인 컨트리 여왕과 떠오르는 신인 가수의 이야기를 내쉬빌을 중심으로 흥미 있게 전개하는 2012년부터 시작된 인기 프로그램이다.

음악도시 내쉬빌에 대한 향수를 가지고 있는 미국인들은 이 드라마를 통해 컨트리 음악을 향유하고 그곳에 가지 못하는

ABC 드라마 〈내쉬빌〉 시즌 1

아쉬움을 달랜다.

〈세븐(Seven, 1995)〉, 〈내겐 너무 가벼운 그녀(Shallow Hal, 2001)〉로 유명한 팔색조 배우 기네스 펠트로는 페이스 힐(Fath Hill)의 남편이자 유명 컨트리 가수인 팀 맥그로와 함께 영화 〈컨트리 스토롱(Country Strong, 2010)〉에 출연했다.

신예 인기스타와 경쟁하는 한물간 가수의 역할을 위해 실제로 6개월간 기타를 배우고 영화에서 직접 수준급의 노래도 부른다.

2019년 10월 국내 개봉한 영화 〈와일드 로즈(Wild Rose, 2018)〉는 그랜드 올 오프리의 전신인 스코틀랜드 글래스코와 내쉬빌 올드타운의 풍경이 어우러진 컨트리의 역사와 컨트리 음악 냄새가 물씬 풍기는 영화다.

1980년대 케니 로저스와 달리 파튼, 1990년대 가스 브룩스와 샤니아 트웨인을 중심으로 화려한 영화를 누렸던 컨트리 음악은 일렉트릭 사운드와 화려한 퍼포먼스의 영향으로 전통음악의 명성이 쇠퇴해 가는 느낌이다.

그렇지만 보수적인 남부인들과 진취적인 서부인들의 컨트리 음악 사랑은 그 어떤 것에도 견줄 수 없는 일상의 즐거움이 된 지 오래다.

남부의 정취가 깃든 작은 웨스턴 바에서 그들이 좋아하는 브룩스 앤 던(Brooks&Dunn)의 〈My Maria〉에 맞춰 라인댄스를 춰 본다.

컨트리 음악과 테킬라 향에 흠뻑 취한 채 앨비스를 만나러 멤피스로 떠날 채비를 한다.

＊**테일러 스위프트**(Taylor Swift, 1989. 12. 13, 펜실베니아주 레딩 출생)

- 2006년 1집 싱글 앨범 《Tim McGraw》으로 데뷔
- 2집 《Fearless》(2008)
- 3집 《SpeakNow》 발표 후 내한공연
- 4집 《Red》부터 6집 《Reputation》까지 팝 취향의 곡 발표
- 2013년 아메리칸 뮤직 어워드 최우수 여성 컨트리가수상
- 2016년 그래미 어워드 올해의 앨범상 등 3관왕
- 대표곡: 〈You Belong With Me〉, 〈Love Story〉, 〈Blank Space〉, 〈Shake It Off〉 등

내쉬빌 그랜드 올 오프리 입구

5.

뉴욕에서의 시간여행,
그리고 토드 헤인즈

●
○

평소 미국의 남서부를 좋아하던 내게 뉴욕은 그다지 관심이 대상이 아
니었다.

그러나 세계의 중심을 가 보지 않고 미국의 역사와 문화를 논하는 것은
이치에 맞지 않다고 생각했다.

그렇게 늘 뒤로만 미뤘던 뉴욕에 첫발을 디딘 것은 2015년 어느 가을
중학생 딸과 친해지기 위한 여행에서였다.

떠나기 전 아내의 특명은 '애가 예민한 중2병 환자니 심기(?)를 건드리
지 말 것.'이었다.

뉴욕의 첫날 숙소에서 딸아이가 한 말이 "아빠, 오늘 세종시에 가수 세
븐틴이 온다는데…."였다.

순간 말문이 막혔다.

브루클린 브리지에서 본 뉴욕

거금을 들여 큰맘 먹고 계획한 프로젝트에 가수 세븐틴이라니?

하긴 그 또래 친구들의 관심사가 온통 아이돌이었으니 뭘 탓하랴?

뉴저지와 맨해튼을 연결하는 해저 링컨 터널을 통과하자 맨해튼 시내
의 마천루 같은 건물들이 하나둘씩 보이기 시작했다.

바둑판처럼 정돈된 도로에 첨단의 건축물을 품은 이곳이 1900년대 초
에 건설되었다는 것이 믿기지 않았다.

콜롬비아대학의 교정을 감싼 거대한 갈참나무들이 지낸 세월을 으스대
듯 연신 헛기침을 하고 있었다.

뉴욕의 허파, 센트럴파크에서는 이른 시간임에도 많은 사람들이 세상

에서 가장 편한 자세로 누워 가을의 햇살을 받고 있었다.

도로보수원, 청소부, 서류 가방을 든 직장인, 백팩을 맨 여행객, 아이를 안은 주부, 노란색 제복의 택시기사. 다양한 사람들이 거대한 회색건물 사이에서 시계의 초침처럼 한 치의 오차도 없이 마임을 하듯 바쁘게 움직이고 있었다.

뉴욕의 명문 콜롬비아대학 도서관

순간 난 그곳에서 과거로의 시간여행이 하고 싶어졌다.

많은 영화들을 통해 보았던 뉴욕의 옛 모습들을 떠올리고 싶었기 때문이었다.

오랜만에 스팅의 〈Englishman in New York〉(1988)을 들으며 나도 뉴요커가 된다.

I don't take coffee, I take tea, my dear

I like my toast done on one side

And you can hear it in my accent when I talk

I'm an Englishman in New York

See me walking down Fifth Avenue

A walking cane here at my side

I take it everywhere I walk

I'm an Englishman in New York

커피는 안 마셔요, 난 홍차를 주세요

토스트도 곁들여 줘요

내 악센트로 알 수 있을 거예요

난 뉴욕의 영국인이니까요

뉴욕의 5번가를 건너는 나를 봐요

내 곁엔 지팡이가 있어요

어딜 가든 난 그걸 가지고 다니죠

난 뉴욕의 영국인이니까요

레오나르도 디카프리오 주연의 〈위대한 개츠비(The Great Gatsby, 2013)〉는 1920년대 경제 호황기의 화려한 뉴욕의 얼굴을 적나라하게 보여 준다.

노란색 자동차와 파티에서의 핑크빛 술잔은 개츠비의 꿈과 위대함의 상징이다. 여기선 개츠비와 데이지의 브레이크 없는 화려한 사랑의 끝이 어디인지 가늠할 수 없다.

'사람은 모든 것을 상상할 수 있고, 예측할 수 있다. 그러나 어디까지 타락할 수 있는지는 상상도 예측도 할 수 없다.' 루마니아의 수필가 에밀 시오랑의 경고다.

〈위대한 개츠비〉의 마지막 씬을 떠올리며 허드슨강 건너편 맨해튼의 화려한 야경을 카메라에 담아 본다.

토드 헤인즈* 감독의 영화 〈원더스트럭(Wonderstruck, 2018)〉도 뉴욕의 과거를 조명했다.

1927년의 로즈와 1977년의 벤은 50년의 시간여행을 통해 둘 사이의 퍼즐을 촘촘히 맞춰 간다.

'둘은 서로 만나게 되어 있었다.'라는 영화 포스터 문구처럼 운명적인 만남을 그렸다.

1920년대 무성영화를 등장시키며 흑백과 칼라로 교차되는 뉴욕의 모습이 이채롭다.

엄마를 만나기 위해 뉴욕행 열차에서 내려 환하게 미소 짓는 어린 로즈의 모습이 머릿속에 오랫동안 머문다.

토드 헤인즈 감독은 영화 〈캐롤(Carol, 2015)〉에서도 1950년대 뉴욕의 옛 모습을 16㎜ 필름에 담아 관객의 감수성을 자극했다.

케이트 블란쳇(캐롤 役)의 마지막 눈빛은 관객의 소름을 돋게 할 정도로 긴 여운을 남긴다.

영화 〈원더스트럭(Wonderstruck)〉

뉴욕을 두 단어 'exit'와 'edge'로 표현하고 싶다.

휴버트 셀비 주니어의 원작 소설 《브루클린으로 가는 마지막 비상구》(1964)에는 '더럽고 잔인하여 처절한 그들만의 이야기'를 주제로 다뤘다. 힘없고, 가난하여 하루하루를 버티는 블루칼라의 마지막 탈출구(exit)가 브루클린 브리지다.

나는 철저히 고독하며 지독히 가난했던 사람들이 그토록 맨해튼으로 가고자 했던 브루클린 브리지에 서 있다.

암갈색 브루클린 다리 위에는 1950년대 암울했던 사람들의 인생이야기가 여기저기 흩어져 있다.

에지(edge)의 사전적 의미는 뾰족한 모서리지만, 광고 패션업계에서 첨단의 의미다.

뉴욕에 있으면 누구든 첨단의 에지 있는 뉴요커가 된다.

영화 〈제리 맥과이어(Jerry Maguire, 1996)〉의 탐 크루즈는 수십 억대 연봉의 성공 가도를 달리는 스포츠 에이전트다. 고급 슈트에 비싼 외제차를 타는 뭇 남성들의 로망이다.

〈악마는 프라다를 입는다(The Devil Wears Prada, 2006)〉와 〈인턴(The Intern, 2015)〉에서의 앤 해서웨이는 여성의 성공 아이콘이다.

네임 태그를 달고 고급 브랜드 커피를 든 그녀의 당당한 모습, 분명 뉴욕의 에지녀이다.

월가(wall street)의 황소 동상 앞에서 포즈를 취하는 흰 셔츠와 붉은 넥타이를 맨 젊은 남자는 주먹을 불끈 쥐고 '내가 세계 최고다.'라는 자세로 자부심이 넘친다.

뉴욕에는 성공한 사람들과, 성공을 꿈꾸는 사람들이 공존한다. 치열한 삶의 현장이다.

또한 뉴욕은 그 자체가 문화다.

뉴욕을 떠나기 전 42번가 브로드웨이 한 극장에서 뮤지컬 〈오페라의 유령〉을 관람했다.

딸아이는 긴 여정에 지쳤는지 공연 시작 10분 만에 잠이 들었다.

영화 〈악마는 프라다를 입는다(The Devil Wears Prada)〉의 앤 해서웨이

300달러의 요금이 아깝다는 생각이 들긴 했지만 딸아이를 깨워서 밖으로 나왔다.

우린 타임 스퀘어에 있는 스타벅스에서 차를 마셨다.

뉴욕의 상징인 빨간색 2층 버스와 옐로 캡 택시를 타고 쉐이크쉑(shake shack) 버거도 먹었다.

문화를 마시고 문화를 먹는다.

주요 거리와 상점가는 벌써부터 크리스마스 트리 설치로 분주했다.

영화 〈러브 액츄얼리〉, 〈섹스 앤 더 시티〉에서 처럼 뉴욕에서 맞는 크리스마스는 정말 환상적일 것이란 생각을 했다.

뉴욕에선 가난한 사람들조차도 풍요로움과 여유로움이 느껴진다.

'New York'의 어원처럼 항상 새롭다. 그래서 뉴욕이다.

34번가 맨해튼의 상징 엠파이어 스테이트 빌딩은 여전히 뉴욕의 하늘에 닿아 있다.

＊**토드 헤인즈**(Todd Haynes, 1961. 1. 2, 캘리포니아 로스앤젤레스 출생)

- 1987년 단편 영화인 〈캐런 카펜터 이야기〉로 데뷔
- 1993년 텔레비전 영화인 〈Dottie Gets Spanked〉 감독
- 1995년 줄리안 무어 주연인 영화 〈세이프〉를 감독하여 시애틀 국제 영화 페스티벌에서 미국 독립영화상을 수상
- 1998년, 1970년대 글램 록에 대한 헌사인 〈벨벳 골드마인〉을 감독하여 칸 영화제에서 예술공헌상을 수상
- 대표작: 〈파 프롬 헤븐〉, 〈아임 낫 데어〉, 〈캐롤〉

월가의 다양한 모습,
들소 동상을 만지면서 행운을 빈다

6.

뉴저지에서 울고 있는
신데렐라 맨

●

○

뉴욕에서 링컨터널을 지나 뉴저지로 향한다.

평소 뉴저지는 뉴욕의 그늘에 가린 가난한 주라는 편견을 가졌다.

그러나 뉴저지는 미국 내 네 번째로 면적이 작은 주임에도 인구밀도가
가장 높은 최대의 공업도시다.

존슨앤존슨과 같은 굴지의 화학 회사들이 자리 잡고 있으며, 미국에서
가장 큰 생명보험인 푸르덴셜의 본사가 뉴저지주 뉴어크에 있다.

1952년 필라델피아와 뉴욕의 메트로폴리탄을 잇는 턴파이크 고속도로
와 1955년 뉴저지 해안을 따라 만든 가든 스테이트 도로를 중심으로 발
전했다.

특히 1995년 명명한 242㎞에 달하는 '한국전쟁 기념 고속도로'가 뉴저
지의 중부를 관통한다.

미동부의 항구도시 뉴저지(New Jersey)

2019년 5월 세계적으로 인기를 끈 방탄소년단이 뉴저지의 미식축구구
장인 메트라이프 스타디움에서 'Love Yourself: Speak Yourself' 투어를
개최했다.

8만 2천 명을 수용하는 구장의 좌석이 매진되고 현대경제연구원에서는
BTS의 경제적 효과를 5조 5천 6백억 원으로 분석했으니 문화적 자부심
에 저절로 어깨가 들썩인다.

뉴욕에 직장을 둔 화이트칼라가 많이 살고, 가구당 평균 수입이 가장
많은 미국 내 부호가 사는 곳이 뉴저지다. 미국 내 마약노출 1위라는 불
명예도 안고 있는 곳이다.

'뉴저지주 젊음의 찬가'로 선정된 브루스 스프링스틴의 〈Born to run〉

(1975)을 듣는다.

가장 미국적인 로커로 인정받는 브루스 스프링스틴은 뉴저지 출신으로 도시인의 꿈과 욕망, 좌절 등을 노래했다.

이 곡 또한 답답한 시골에서 벗어나고픈 젊은이들의 욕망을 노래한 곡이다.

In the day we sweat it out on the streets of a runaway
American dream
At night we ride through mansions of glory in suicide
machines
Sprung from cages out on Highway 9
Chrome wheeled, fuel injected and steppin' out over the line
Oh, baby this town rips the bones from your back
It's a death trap, it's a suicide rap
We gotta get out while we're young

낮에 우리는 멀어져 간 아메리칸 드림의 거리에서 땀을 흘리지
밤에는 차를 타고 영광의 대저택 사이를 달려
우리에서 빠져나와 9번 고속도로로 향해
크롬 휠 자동차에 연료를 채우고 경계를 넘어 떠날 거야

오, 이 도시는 너의 등골을 빼먹고

도시는 죽음의 덫, 널 자살로 이끌지

우린 젊을 때 떠나야 해

맨해튼 스카이라인이 선명하게 보이는 호보켄 캐슬포인트에 섰다. 강변을 따라 즐비한 푸드 트럭이 눈길을 끈다.

아메리카노 한 잔과 핫도그 하나를 들고 흑백의 영상으로 과거를 그려 본다.

장밋빛 미래를 삼킨 '검은 목요일'로 일컬어지는 1929년 대공황 (Depression of 1929)을 겪은 뉴저지는 처참했다.

어디에서부터 무엇이 잘못되었을까?

이전까지 뉴욕을 비롯한 동부의 거리는 매혹적인 재즈 음악으로 흥청거렸으며, 서부 할리우드 영화는 당시 세계 영화 시장의 80%를 장악하고 있었다.

기계는 쉬지 않고 바삐 돌아갔고, 공장에는 소비하지 못한 생산품이 쌓여만 갔다.

결국 공급과 투자의 과잉에서 비롯된 경제 대공황 앞에 세계 경제의 시계는 한순간 멈춰 섰고 화려했던 자본주의의 천국, 미국의 1920년대 호황은 하나둘씩 참혹하게 무너져 갔다.

영화 〈신데렐라 맨(Cinderella Man, 2005)〉의 러셀 크로우(짐 브래독

役)도 예외는 아니었다.

실존인물 짐 브래독은 잘나가는 라이트 헤비급 복서다. 높은 대전료를 받으면서 뉴저지의 단독 주택에서 살며 남부러울 것 없는 중산층 생활을 누리고 있었다.

그러나 1929년 대공황을 기점으로 그의 삶은 추락했다.

한겨울 지하 방에서 난방과 전기가 끊기고 우유 값조차 내지 못하는 처지가 됐다. 팬케이크를 하나 놓고 꼬맹이 딸에게 "아빠는 이미 다른 데서 많이 먹었으니, 아빠 것 좀 먹어 줄래?"라고 말하는 브래독의 모습은 처연하다.

그는 일거리를 찾아 부두를 전전해 보지만 밀려드는 실업자 물결에 일감 잡기란 하늘의 별 따기다.

클럽하우스에서 마지막 자존심조차 버리고 모자를 벗어 지인들에게 도움을 청하는 장면은 눈물을 훔치게 한다.

영화 〈신데렐라 맨(Cinderella Man)〉

"링에 올라가서 싸우게 해 줘. 적어도 누가 때리는지는 알 수 있잖아?"

돈을 벌기 위한 간절한 외침이다.

그런 남편에게 끝까지 믿음을 갖고 용기를 주는 아내, 르네 젤위거의 역할 또한 많은 감동을 자아낸다.

론 하워드 감독은 신데렐라 맨 짐 브래독을 내세워 대공황을 겪었던 미국인들의 아픔을 어루만져 준다.

미국 최고의 명문으로 평가받는 프린스턴대학교

프린스턴 시내로 들어서자 단풍이 화색을 하며 먼저 나를 반겼다.

10월의 고딕 양식을 품은 프린스턴대학교의 위엄이 한눈에 들어왔다.

파이어스톤 도서관 앞 학생들의 표정에서 생기가 넘친다.

책을 가슴에 든 여학생, 이어폰을 끼고 벤치에서 낮잠을 즐기는 남학생, 잔디밭에 둘러앉아 끝나지 않을 열띤 토론을 하는 학생들.

모두가 세상 최고의 자유를 누리는 특허받은 무리처럼 보였다.

난 미국도시를 갈 때마다 제일 먼저 대학을 찾았다.

누구나 자유롭게 드나들 수 있을 뿐만 아니라 대학의 꿈을 접었던 아쉬움을 달래는 일종의 의도적 위안의 장소인 셈이었다.

프린스턴대학교(Princeton University)는 1746년에 설립된 미국 뉴저지주 프린스턴에 있는 미국 최고의 아이비리그 사립대학이다.

15명의 노벨상과 7명의 필즈상 수상자를 배출하였으며, 프린스턴 동문들의 든든한 후원과 학업 분위기 때문에 미국 학부모들이 가장 선호하는 대학이기도 하며 수학, 물리학, 철학 등은 최고로 꼽힌다.

1910년, 시민들은 프린스턴대학교의 총장 우드로 윌슨을 주지사로 선출하였고 그 후 윌슨은 1912년 미국의 28대 대통령에 당선되기도 했다.

이 프린스턴 교정에서 2001년 론 하워드(Ronald Howard)* 감독과 배우 러셀 크로우(Russell Crowe)의 만남이 있었다.

영화 〈뷰티풀 마인드(A Beautiful Mind, 2001)〉[3]의 실존 인물이 프린스턴대학의 존 내쉬 교수다.

이 영화는 소련의 암호 해독을 하는 조현증에 걸린 수학 천재 존 내쉬의 이야기다.

숱한 반목과 갈등을 수학적으로 풀어 가는 방식에서 론 하워드 감독의

---

3) 영화 〈뷰티풀 마인드〉는 2002년 아카데미 최우수 작품상을 수상했다.

천재적인 모습을 엿볼 수 있다.

영화 〈뷰티풀 마인드(A Beautiful Mind)〉

영화의 마지막 장면에서 교수들이 존경이 표시로 자신의 만년필을 전달하는 모습에서 벅찬 감동이 꿈틀거린다.

남편을 위한 헌신하는 아내 제니퍼 코넬리의 내조는 뷰티풀 마인드이자, 〈신데렐라 맨〉의 르네 젤위거의 모습과 흡사하다.

50살을 넘어선 제니퍼 코넬리는 2013년 아리조나주 초대형 산불을 바탕으로 한 감동실화 〈온리 더 브레이브(Only the Brave, 2017)〉에서 또한 번 소방대장 조슈 브롤린(마쉬 役)을 응원하는 내조의 여왕 이미지를 이어갔다.

존 내쉬의 지도교수가 프린스턴대학원 수학과에 존 내시를 위한 추천서를 보냈을 때 추천서에는 "이 사람은 천재다(This man is a genious)."

라는 한 문장만 쓰여 있었다고 한다.

노벨상 시상식에서 존 내시 박사는 아내에 대한 감사를 다음과 같이 표했다.

> "제 인생의 가장 중요한 발견은
> 신비롭고 헌신적인 사랑이었습니다.
> 거기에 어떤 논리적 이유도 없었습니다.
> 당신은 내 존재의 이유이고, 나의 모든 이유는 당신입니다."

존 내쉬는 노르웨이 수학 노벨상인 '아벨상' 시상식을 마치고 공항에서 택시를 타고 뉴저지 집으로 돌아가던 중 가드레일을 들이받는 사고로 인해 2015년 5월 23일 부인과 함께 사망했다.

프린스턴대학의 도서관 계단에 앉아 리더의 역할과 능력에 대해 생각했다.

프랭클린 루즈벨트(Franklin D. Roosevelt)는 대공황의 실타래를 풀기 위한 강력한 드라이브를 걸었다.

바로 뉴딜(New Deal) 정책이었다.

오랜 경기 침체로 모든 계층의 희망이 사라져 갈 때 수정자본주의라는 돌파구를 찾아 방향을 제시한 것이다.

우리나라는 지난 수십 년간 불황기가 거듭되는 상황에서도 장밋빛 경기 전망만을 내세웠다.

그래서 피부로 느끼는 서민 경제는 더 혹독했다.

정책에 앞서 정확한 실상을 알게 하는 것이 무엇보다 중요한 정부의 역할이다.

대공황의 홍역을 앓고 난 뉴저지주의 프린스턴은 이제 미국에서 가장 멋진 도시로 변모했다.

＊**론 하워드**(Ronald William Howard, 1954. 3. 1, 오클라호마주 던컨 출생)

- 1969년 영화 〈올드 페인트〉 연출로 데뷔
- 2015년 제20회 크리틱스 초이스 시상식 루이 13세 지니어스상 수상
- 〈뷰티풀 마인드〉로 2002년 제74회 아카데미상 시상식에서 반지의 제왕을 제치고
  최우수 작품상, 감독상, 여우조연상(제니퍼 코넬리) 등을 수상
- 대표작: 〈분노의 역류〉, 〈파 앤드 어웨이〉, 〈그린치〉, 〈체인질링〉, 〈다빈치 코드〉 등

뉴저지주 아틀랜틱 시티(Atlantic City)

7.

브로크백 마운틴에서
양을 지키는 카우보이

●

○

초여름이 시작되는 6월 옐로스톤 국립공원의 남쪽 와이오밍주로 향했다.
대작 〈내일을 향해 쏴라(Butch Cassidy And The Sundance Kid, 1969)〉
와 〈브로크백 마운틴(Brokeback Mountain, 2005)〉의 감동을 느껴 보기
위해서였다.

차의 핸들을 놓아도 자율주행이 가능할 것 같은 곧은 도로에는 야생동
물보호 표지판이 간간히 눈에 들어왔다.

한반도보다 넓은 면적임에도 와이오밍주에는 미국의 50개 주 중에서
가장 적은 58만 명의 인구가 산다.

그만큼 도심 외곽에선 사람을 만나기가 힘들다고 한다. 그야말로 허허
벌판이다.

영화 〈브로크백 마운틴(Brokeback Mountain)〉

와이오밍주는 석유의 수도라 불릴 만큼 자원도 풍부하지만 오랜 세월 동안 목초지대가 많은 이곳에서 양털 생산을 통해 국가 경제를 이끌었다. 이안 감독이 〈브로크백 마운틴〉의 배경으로 와이오밍주를 택한 것은 소재로 양을 지키는 카우보이의 외로움을 다루기에 더없이 좋은 자연환경이었기 때문이었다.

와이오밍에선 누구나 사진작가가 된다. 어느 곳에서든 카메라 셔터만 누르면 작품이 된다. 자연의 풍광은 아름다움을 넘어 눈물이 날 정도의 신비감마저 들게 한다. 하지만 디지털 노머드족인 내겐, 휴대전화가 무용지물이 되는, 문명의 손길이 뻗지 않은 이곳은 세상과 단절된 답답한 공간이기도 했다.

1953년 파라마운트에서 제작한 영화 〈셰인(Shane, 1953)〉은 미국 와이오밍의 한 개척마을에 나타난 방랑자의 이야기를 담은 서부 영화의 대표적 아이콘이다.

영화의 말미에 와이오밍의 그랜드 테톤(Grand Teton)산을 향해 말을 달리는 셰인의 뒷모습이 고독함을 자아낸다.

4,197m 높이의 산과 빙하를 간직한 그랜드티턴 국립공원은 미국에서 가장 아찔한 산악 모습이 잘 보존되어 있는 자연의 보고이다.

이곳은 야생생물도 매우 다양하다. 들소, 영양, 엘크, 늑대, 흑곰을 비롯해 펠리컨과 대머리독수리 등이 서식하고, 잭슨홀 계곡에선 스네이크 리버 송어가 발견되기도 한다.

폴 뉴먼과 로버트 레드포드 주연의 영화 〈내일을 향해 쏴라〉는 개척시대 와이오밍의 아름다운 자연을 서부극으로 묘사했다. 화려한 그래픽이 없었던 1969년도 작품임에도 아카데미 촬영상, 각본상, 주제가상을 휩쓸었다.

와이오밍(Wyoming)의 아름다운 자연 풍광

우리에겐 ⟨Raindrops Keep Falling On My Head⟩가 OST로 널리 알려진 영화다. 로버트 레드포드는 2018년 개봉된 영화 ⟨미스터 스마일 (The Old Man and the Gun, 2018)⟩에서 82세의 나이로 은행털이 신사 역할을 품격 있게 소화하기도 했다.
실로 반세기를 영화와 함께 산 셈이다.

제이크 질렌할과 히스 레저 주연의 ⟨브로크백 마운틴⟩은 2006년 개봉 당시 국내에서 불편하게 여기는 동성애를 다룬 까닭에 많은 스포트라이트를 받지 못했다.
동성애를 보편적 가치로 받아들이기엔 녹록지 않은 시대적 상황이었기 때문이다.
나는 이 영화가 담고 있는 '와이오밍의 빼어난 자연'에 대한 동경과 카우보이들의 외로운 삶 그리고 사운드트랙이 컨트리 음악이란 것에 흥분했다.
눈부신 자연을 배경으로 그림 같은 영상미가 영화 내내 펼쳐진다.
실제로 많은 부분이 캐나다에서 촬영되었다고 한다.
와이오밍주 인구 100명 중 90명 가까이 히스패닉 계열이 아닌 백인들이다.
그만큼 이 영화는 고독한 백인들의 영화였다.

테일러 셰리던 감독의 서스펜스 데뷔작인 ⟨윈드 리버(Wind River,

2017)〉는 와이오밍의 차가운 설원에서 펼쳐지는 아메리칸 인디언의 이야기로 2,600여 개의 스크린을 점유하며 북미 현지에서 큰 호평을 받았다. 화면을 온통 하얗게 채운 고립무원의 설원에서 절망과 희망이 뒤섞이며 서로의 아픔을 치유한다. 개연성과 짜임새를 모두 갖춘 인간 냄새나는 영화다.

영화 〈윈드리버(Wind River)〉

옐로스톤 아래로 향하는 차 안에는 〈브로크백 마운틴〉의 앤딩 크레딧 장면에 삽입되었던 윌리 넬슨*의 〈He Was a Friend of Mine〉(2005)이 진잔히 흐른다.

He was a friend of mine

He was a friend of mine

Every time I think of him

I just can't keep from cryin'

'Cause he was a friend of mine

He died on the road

He died on the road

He just kept on movin'

Never reaped what he could sow

And he was a friend of mine

I stole away and cried

'Cause I never had too much money

I never been quite satisfied

그는 내 친구였어요

그를 생각할 때마다

울음을 참을 수가 없어요

그는 내 친구였으니까요

그 친구는 길에서 죽었어요

그는 계속 거처 없이 떠돌아다녔거든요

그는 자기가 뿌린 것을 거두지 못했어요

그는 내 친구였어요

난 도둑질을 하고 울었어요

많은 돈을 가진 적이 없었기에

나는 만족스러워한 적이 없었어요

3시간가량 펼쳐지는 초원은 운전자를 푸른색만 보이게 하는 색맹으로 만드는 것 같다.

잭슨시의 카우보이 바(Cowboy Bar)

와이오밍주의 젊은 도시 잭슨(Jackson)에 도착했다.

중부 뉴저지 끝자락의 작은 도시 잭슨, 미시시피의 남부 목화 집산지
잭슨과는 또 다른 느낌의 잭슨이다. 로키산맥의 1,900m에 위치한 이곳
은 자연경관이 수려하여 명사들의 별장으로도 유명한 도시라고 한다.

잭슨은 주로 야생 동물들의 박제와 엘크의 뿔을 상품화하는 도시였다.

주유를 마치고 기념품을 사기 위해 가게에 들어갔다.

처음 보는 신기한 것들에 호기심이 일어 이것저것 만지면서 돌아보지
만 가게 안에 주인이 없다.

창밖으로 보니 지팡이를 든 한 노파가 계단에 앉아 있었다.

주름진 얼굴에는 숱한 세월이 담겨 있다.

노파는 주인이 일이 생겨 잠깐 나갔으니 잠깐만 기다리라고 한다.

그 잠깐의 시간 30여 분이 지나자 콧수염을 기른 50대 중반쯤으로 보이는 백인 남자가 마치 영화 〈윈드리버〉의 야생동물 헌터인 제레미 레너처럼 픽업트럭을 타고 나타났다.

자신은 잭슨시의 엘크보호사이며, 엘크가 차에 치었다는 신고를 받고 출동했다 오는 길이며, 젊었을 때 늑대 10마리와 사투를 벌인 일 등 무용담을 늘어놓는다.

어머니였던 노파와 그 남자에게서 느긋한 삶의 여유가 느껴졌다. 정작 바쁠 것이 없는데도 바쁜 척 살아가는 자신이 부끄럽게 느껴졌다.

그는 기다리게 해서 미안하다며 딸기와 블루베리로 토핑된 크레이프를 선물했다.

한입 베어 무니 와이오밍의 싱싱한 자연 향기가 입 안 가득 퍼졌다.

와이오밍주의 대표 동물 엘크

3시간을 운전해 온 보람이 있었다.

와이오밍주는 이미 1960년대에 깨끗한 공기와 깨끗한 물에 관한 법령들을 제정하고 2000년에는 야생 생물의 서식지를 보호하고 복구하는 데 신탁 자금을 창조하는 법률을 통과시켰다고 한다. 자연을 보존하려는 백년대계가 부러울 따름이다.

후에 다시 한번 〈브로크백 마운틴〉을 감상했다.

나도 영화 속 주인공처럼 수천 마리의 양을 지키는 외로운 카우보이가 된다.

이토록 아름다운 자연을 찍은 영화는 없을 것이란 생각을 했다.

에밀루 해리스의 노래 〈A Love That Will Never Grow Old〉가 감정을 고조시키며, 마지막 10여 분의 엔딩 장면에서 주체할 수 없는 눈물이 흐른다.

잭의 푸른 셔츠를 품은 에니스의 마지막 대사가 긴 여운을 남긴다.

"Jack, I swear(잭, 맹세해)."

에니스 역을 맡았던 히스 레저는 2008년 1월에 세상을 떠나 외로운 양치기가 되었다.

＊**윌리 넬슨**(Willie Nelson, 1933. 4. 30, 텍사스주 애버트 출생)

- 파론 영(FaronYoung)의 〈Hello! Walls〉, 팻시 클라인(Patsy Cline)의 〈Crazy〉
  작곡
- RCA 레코드사에서 애틀랜틱(Atlantic) 레코드사로 옮겨, 자신을 노래한 〈The
  Troublemaker〉 발표
- 《Phases And Stages》, 《The Tronble Maker》, 《Country Willie》 앨범을 발표
  하면서 스타덤에 오름
- 1977년 웨일런 제닝스와 함께 《The Outlaws》란 앨범을 발표 플래티늄 기록
- 1940년대 노래인 〈Always On My Mind〉로 국내 컨트리 뮤직 팬들을 매료시킴
- 대표곡: 〈On the Road Again Before〉, 〈Pancho and Lefty〉

옐로스톤 마운틴(Yellowstone Mountain)의 설경

8.

네바다 사막의 한가운데 서서
공포를 느끼다

●

○

가장 외로운 도로라고 일컬어지는 Route 50를 따라 네바다주에 안긴다.

미국에서 36번째로 주가 된 네바다의 정의는 '장엄함과 모험'이다.

네바다주의 깃발은 파랑 바탕에 네바다주의 상징인 하나의 은색 별과

'Battle Born'의 문구가 새겨져 있다. 전쟁 속에서 태어난 단합된 주라는

의미이기도 하다.

그도 그럴 것이 물 한 방울 없는 사막 한가운데 합법적 도박의 도시 라

스베이거스를 세운 것은 실로 기적과도 다름없다.

콜로라도강을 막아 221m 높이로 건설한 후버 댐과 개척자 마을인 카슨

시티 또한 미국인의 모험가적 기질을 엿볼 수 있다.

2018년 초여름 15년 만에 라스베이거스를 다시 찾았다.

네바다주의 주기

죽기 전에 가 봐야 할 곳 1위로 선정된 그랜드캐니언을 여행하기 위해 거치는 도시가 네바다주 남쪽에 있는 라스베이거스다.

세기의 복싱 대결 장소로 유명한 시저스 펠리스와 MGM 호텔이 위용을 드러낸다.

6월 초인데도 바깥 기온은 화씨 110도를 육박하고 있었다.

1,000개 이상의 객실을 갖춘 호텔들이 즐비하고 이들 호텔의 오픈된 1층 카지노에서 틀어 대는 에어컨 바람과 바깥의 불볕더위가 사투를 벌이고 있었다.

이 펄펄 끓는 사막의 도시를 위해 얼마나 많은 전력을 쏟아 부어야 하는지 감히 상상이 되지 않았다.

이런 도시의 특성을 살려 네바다주에는 매년 8월 버닝맨 축제를 개최한다.

'버너(Burner)'로 불리는 참가자들이 '블랙 록 시티(Black Rock City)'의 가상도시를 만들어 낯선 이들과 함께 축제를 즐긴다.

그들은 가족들이 지낼 임시 거처를 만들고 모든 생활은 화폐가 아닌 자급자족, 물물교환의 원시적 방법으로 이어 간다.

축제의 대미는 거대한 나무 인형을 불태움으로써 마무리된다.

축제가 끝난 후에는 그 어떠한 흔적도 남기지 않는 것이 원칙이다.

'라스베이거스 밤하늘에서는 별을 볼 수가 없다.'라는 말이 있다.

화려한 도시의 불빛에 별이 묻힐 만큼 야경이 화려하다는 뜻이다.

하지만, 내 기억의 네바다는 화려함보다는 공포로 인식되는 곳이기도 하다.

라스베이거스 야경

제이슨 알딘(Jason Aldean)*은 조지아주 메이컨 출신으로 2005년 자신의 이름을 딴 데뷔 앨범 《Jason Aldean》을 100만 장 이상 판매하며 일약 스타덤에 오른 컨트리 가수다.

내겐 평소 그의 공연을 현지에서 보는 것이 꿈이기도 했다.

그가 비행기에서 미중부를 예찬한 노래 〈Fly Over States〉를 들으며 만델라 호텔 앞의 야외 공연장을 바라본다.

A couple of guys in first class on a flight

From new York to Los Angeles,

Kinda making small talk killing time,

Flirting with the flight attendants,

Thirty- thousand feet above, could be Oklahoma,

Just a bunch of square cornfields and wheat farms,

Man, it all looks the same,

Miles and miles of back roads and highways,

Connecting little towns with funny names,

Who'd want to live down there in the middle of nowhere?

They've never drove through Indiana,

Met the men who plowed that earth,

Planted that seed, busted his ass for you and me,

Or caught a harvest moon in Kansas,

They'd understand why god made Those fly over states,

On the plains of Oklahoma

With a windshield sunset in your eyes

Like a water-colored painted sky

You'll think heaven's doors have opened

뉴욕에서 LA로 가는 비행기 1등석의 두 남자가 수다를 떨며

승무원과 농담도 하며 시간을 보내네

30,000피트, 아마도 오클라호마 상공쯤…

네모반듯한 옥수수밭과 밀밭들이 전부 똑같이 보이고

수마일 펼쳐진 시골길과 고속도로에 연결된

우스꽝스런 이름의 작은 마을들이 보이네

인적도 없는 그곳에서 누가 살기를 원할까?

우리를 위해 엉덩방아를 찧으며 저 땅에 씨를 뿌리며 경작한

그들을 만난다면 아마도 인디아나에 가 보지 못했다고 할 거야

혹은 켄사스의 만월을 보지 못했다고 하겠지만

그들이 대륙을 비행한다면 신이 자연을 만든 이유를 이해

할 거야

오클라호마 평원위로 자동차 창의 일몰이

당신의 두 눈에 비치네요

수채화 물감으로 칠한 듯한 하늘을 본다면

당신은 하늘이 열렸다고 생각할 거야

메이컨 카우보이 제이슨 알딘(Jason Aldean)

2017년 10월 1일 밤.

라스베이거스 야외 공연장에서 한 괴한의 총기 난사로 59명이 사망하는 역사상 최악의 사건이 일어났다. 당시 그곳에는 유명 가수들의 '루트 91 하베스트 뮤직페스티벌'이 열리고 있었으며 총격이 가해지던 순간 노래를 부르고 있던 가수가 제이슨 알딘이다. 축제장은 아비규환으로 변했고 수많은 사상자가 발생했다.

제이슨 알딘은 아직도 그 트라우마에서 벗어나지 못하고 있다고 했다.

그간 네바다주를 배경으로 한 영화는 많았다. 사막이 주는 매력이 있기 때문이다. 론 언더우드 감독, 케빈 베이컨 주연 〈불가사리(Tremors,

1990)〉는 대표적인 네바다주 영화다. 컴퓨터 그래픽이 활성화되지 않은 그 시기에 땅속 괴물과 사투를 벌이는 장면이 압권이다.

난 평소에 인도 출신 M. 나이트 샤말란 감독을 좋아했다. 그가 만들어내는 영화 〈식스센스(The Sixth Sense, 1999)〉, 〈빌리지(The Village, 2004)〉, 〈23 아이덴티티(Split, 2016)〉에서의 번뜩이는 반전에 감탄을 금치 못했다.

〈식스센스〉에는 브루스 윌리스의 가족애를, 〈빌리지〉는 호아킨 피닉스의 사랑을, 〈23 아이덴티티〉는 제임스 맥어보이의 다중인격을 그렸다.

스릴러 영화중 백미는 〈포드 V 페라리(FORD v FERRARI, 2019)〉, 〈위대한 쇼맨(The Greatest Showman, 2017)〉으로 유명한 제임스 맨골드 감독과 할리우드 스타 존 쿠삭 주연의 〈아이덴티티(Identity, 2003)〉이다.

네바다주의 사막에 위치한 모텔에 10명의 투숙객 사이에서 벌어지는

영화 〈아이덴티티(Identity)〉

연쇄적 살인과 다중인격을 소재로 한 작품이다.

주변에 도움을 청할 수 없는 외딴 모텔이라는 점 자체가 공포다.

네바다에는 51 구역(Area 51)과 외계인 도로가 있다. 로스웰(Roswell)에서 추락한 외계인의 사체를 옮겨 숨겨 놓은 군사지역으로 외계인이 착지할 수 있으며 인간을 대상으로 한 생체 실험까지 미국 정부가 합의한 조약이 있다고 한다.

2003년 가을 라스베이거스여행 중 겪은 일이다. 여행을 마치고 돌아오는 사막 한가운데 30여 명을 태운 그레이하운드 버스가 고장이 났다. 운전기사는 고장 신고를 했는데 수리팀이 언제 도착할지 모른다고 했다.

우리 일행은 칠흑 같은 어둠 속에서 공포를 느꼈다. 영화 〈아이덴티티〉에서 느꼈던 공포였다. 버스 안에서 틀어 준 190분짜리 영화 〈타이타닉〉이 거의 끝나 갈 즈음에 수리팀이 도착했다.

수리를 마치고 버스가 출발할 즈음 검은색 사막 위에 쏟아지는 별들의 향연이 눈에 들어오기 시작했다.

라스베이거스 하늘의 별들을 그곳으로 다 가져다 놓은 듯 수천수만 개의 별들이 머리 위에 쏟아지고 있었다.

라스베이거스를 떠나며 참사가 일어난 후 제이슨 알딘이 자신의 인스타그램에 새겼던 문구를 떠올리며 나도 마음속으로 기도를 한다.

'Pray for Las Vegas(라스베이거스를 위해 기도하자).'

＊**제이슨 알딘**(Jason Aldean, 1977. 2. 28, 조지아주 메이컨 태생)

- 2005년 1집 앨범 《Jason Aldean》 데뷔
- 2013년 제48회 아카데미 컨트리 뮤직 어워드 올해의 남성 보컬리스트
- 2014년 제49회 아카데미 컨트리 뮤직 어워드 올해의 남성 보컬리스트
- 2018년 미국 내 음반판매량 9위 차지
- 켈리 클락슨(Kelly Clarkson), 캐사디 포프(Cassadee pope) 등과 듀엣곡 발표
- 대표곡: 〈Take a Little Ride〉, 〈My Kinda Party〉, 〈Asphalt Cowboy〉, 〈Don't
  You Wanna Stay〉 등

라스베이거스의 젖줄 후버 댐(Hoover Dam)

라스베이거스 가는 길 바스토우(Barstow)

9.

흑인은 미시시피를
선택하지 않았다

●

○

알라바마의 주경계선(The State Border)을 넘어 미시시피주로 들어서
자 만감이 교차했다.

드넓게 펼쳐진 코튼벨트의 목화밭과 흙빛으로 물든 미시시피강을 보면
서 흑인의 숱한 애환이 느껴졌기 때문이다.

1817년 미국의 20번째 주가 된 미시시피는 원주민 오지브웨이족 언어
의 '큰 강(Big River)'이라는 말에서 유래되었다. 미시시피는 아열대성
기후와 비옥한 평야에 목화 재배가 주된 농업으로 많은 흑인 노예가 필
요했다. 지리적 특성으로 미국 내 흑인이 가장 많고[4] 1인당 평균 연간
소득이 가장 적은 가난한 주가 바로 미시시피다.

---

4) 미국 내 흑인 인구는 약 4200만 명으로 전체 인구의 13%를 차지한다.

영화 〈헬프(The Help)〉

미시시피주의 잭슨에서 2년간 지내다 온 어느 지인의 미시시피에 대한
평가는 이랬다.

"여름이 길고 덥고 습하며 가끔 토네이도가 발생하고 범죄율도 높고 한
인마트가 없다." 그야말로 워스트 중 워스트란 얘기다.

그렇지만 미시시피는 석유 천연가스 등 지하자원이 풍부하고 4년마다
열리는 미국잭슨 국제 발레 콩쿠르를 비롯한 미시시피 심포니 오케스
트라 등 문학과 예술의 도시로 손꼽힌다.

1949년 노벨문학상 수상과 두 번의 퓰리처상을 수상한 작가 윌리엄 포
크너는 미시시피주 출신으로《우화》,《자동차 도둑》등의 작품을 통해
미국 남부사회의 변천사를 묘사했다.

우리에게 친숙한 천재적인 작가 마크 트웨인은《톰 소여의 모험》,《허
클베리 핀의 모험》등 미시시피강을 배경으로 한 일련의 자전적 소설을
발표했다.

로큰롤의 황제 엘비스 프레슬리를 비롯한 오프라 윈프리, B. B. 킹, 테네시 윌리엄스 등 많은 유명 작가와 예술인 또한 미시시피 출신이다. 컨트리 뮤직 트레일(Country Music Trail)에는 찰리 프라이드, 태미 와이넷, 페이스 힐 등 유명한 뮤지션들의 이름을 딴 장소가 30여 곳에 이른다.

페이스 힐(Faith Hill)과 팀 맥그로(Tim McGraw) 부부

다섯 차례의 그래미 어워드를 수상한 미시시피 잭슨 출신의 가수 페이스 힐(Faith Hill)*은 포브스가 선정한 최고 수입 여가수 Top 10에 오르며 자신의 이름을 딴 향수인 '페이스 힐 퍼퓸'을 내놓기도 했다. 특히 영화 〈진주만(Pearl Harbor, 2001)〉의 OST인 〈There You'll Be〉를 불러 많은 국내 팬들도 확보하고 있다.

2010년에는 컨트리 가수이자 남편인 팀 맥그로(Tim Mcgraw)와 함께 미국 테네시주 홍수 피해 복구비로 220만 달러(약 26억 원)의 성금을 기부하는 노블레스 오블리주를 실천하는 가수다.

그녀는 6번째 앨범에서 〈Mississippi Girl〉(2005)을 노래하며 고향의 자부심을 표현했다.

Well it's a long way from Star, Mississippi

To the big stage I'm singing on tonight

And sometimes the butterflies still get me

When I'm in the spotlight

And some people seem to think that I've changed

That I'm different than I was back then

But in my soul I know that I'm the same way

That I really always been

Cause a Mississippi girl don't change her ways

Just cause everybody knows her name

Ain't big- headed from a little bit of fame

I still like wearing my old ball cap

Ride my kids around piggy back

They might know me all around this world

But y'all I'm still a Mississippi girl

미시시피 스타에서 멀리 떨어져

오늘밤 내가 노래할 큰 무대로 향합니다

스포트라이트를 받으면 아직도 마음이 떨릴 때가 있어요

어떤 사람들은 내가 변했다고 생각하는 것 같아요

내가 예전과 다르다고요

하지만 난 영혼 깊이 늘 항상 그대로라는 걸 알고 있어요

왜냐면 사람들이 그녀의 이름을 안다는 이유로

미시시피 여자는 그녀의 방식들을 바꾸지 않아요

약간의 명성으로 자만심을 갖지도 않죠

아직도 오래된 야구 모자를 쓰는 걸 좋아하고

아이들을 업고 여기저기 다니구요

세싱 여기저기서 나를 알지 모르겠지만

여러분, 전 여전히 미시시피 여자랍니다

노예 해방을 선언한 아브라함 링컨의 동상(Virginia)

영화 이야기로 돌아가자.

진 핵크만, 윌렘 데포 주연의 영화 〈미시시피 버닝(Mississippi Burning, 1988)〉은 1960년대 꺼지지 않는 인종차별을 현대적 감각으로 잘 표현한 명작이다.

폴 해기스의 아카데미 작품상 수상작인 〈크래쉬(Crash, 2005)〉는 LA 사람들의 인종갈등(라틴인 대 아시아인)을 자극적으로 부각시켰다.

히치 하이킹으로 흑인을 태운 백인은 컨트리 음악이 흐르는 차안에서 "음악을 바꿀까요?"라는 질문을 던진다. 음악에도 흑백 갈등이 있음을 보여 준다.

〈라라랜드(La La Land, 2016)〉의 엠마 스톤이 주연한 영화 〈헬프(Help, 2011)〉는 흑인의 인권에 대한 의식의 전환을 일깨우는 따뜻한 영화다.

흑인 보모하에서 자란 주인공 엠마 스톤(스키터 役)은 흑인에 대한 차별을 의아스럽게 여기며 저널니스트로서 부당함을 폭로하기 위해 가정부들을 인터뷰하기 시작한다.

"그렇게 주눅 들지 말아요. 마음이 못난 게 진짜 미운 거예요."

흑인 가정부 에이블린이 스키터에게 해 주는 말은 자전적 회고의 말이다.

영화가 말하고자 하는 것은 '자유를 찾을 때까지 싸웁시다.' 라는 엔딩 자막이다.

〈덤 앤 더머(Dumb & Dumber, 1994)〉의 피터 패럴리 감독은 영화 〈그린 북(Green Book, 2018)〉을 통해 흑백갈등을 풀어 휴머니즘을 그려 냈다.

흑인에 대한 차별이 심했던 남부를 배경으로 1962년을 묘사했다. 아칸소 리틀 록에서 알라바마 버밍햄까지 재즈와 컨트리 음악을 의도적으로 흑백의 소재로 담았다. 이 영화는 제52회 아카데미 시상식에서 선풍적인 인기를 끌었던 〈보헤미안 랩소디(Bohemian Rhapsody, 2018)〉를 제치고 당당히 작품상을 차지했다.

영화 〈그린 북(Green Book)〉

미시시피주의 주도인 잭슨에 도착했다.

잭슨은 미국의 제7대 대통령 앤드류 잭슨의 이름에서 개칭되었다. 인구 14만 남짓의 도시는 마치 시간이 멈춘 도시 같았다.[5]

---

5) 미시시피주의 가장 큰 도시는 24만 인구의 힌즈 카운티(Hinds County)이다.

1861년 미국은 노예문제로 첨예하게 대립되어 남북전쟁이 발발하였고, 북부 출신 링컨 대통령은 1863년 노예해방을 선언하였다.

그로부터 100년이 지났지만 미국사회는 여전히 흑인에 대한 차별이 있었다.

1955년 12월, 흑인 여성 로자 파크스가 버스 안의 백인 전용 칸에 앉아 있었다.

버스 기사는 그녀에게 흑인 전용 칸으로 옮기라고 하였으나 그녀는 옮기지 않았다.

그 결과 그녀는 '흑백 인종분리법' 위반으로 체포되었다.

이 사건을 계기로 흑인들은 마틴 루터 킹 목사를 선봉으로 인권과 자유를 되찾기 위해 조직적인 대중시위를 펼치게 되었다.

인권운동을 벌이던 킹 목사는 1968년 4월 4일 흑인 청소노동자 파업 투쟁을 지원하기 위해 멤피스를 찾았다가 숙소 발코니에서 제임스 얼레이의 총에 맞아 39세의 짧은 생을 마감했다.

미시시피에 오기 전 킹 목사가 사망한 멤피스의 모텔을 찾은 적이 있다. 작은 이층 콘크리트 건물 앞에서 인권운동가의 고귀한 희생 앞에 숙연해졌다.

잭슨시는 2017년 인종차별에 대한 저항의 역사를 조명하기 위해 미시시피 역사박물관(Mississippi History Museum)을 시민들의 성금을 모아 건립했다.

2018년 4월 4일 오후 6시 1분에는 미 전역에서 킹 목사를 추모하기 위한 종소리가 39번 울렸다.

연설하는 마틴 루터 킹 목사

얼마 전 필라델피아 스타벅스 매장에 흑인 두 명이 아무것도 시키지 않고 매장에 앉아 있다가 직원의 신고로 경찰에 체포된 일이 있었다.

논란에 휩싸이자 스타벅스 본사는 해당 흑인에 대한 사과를 표명하며 8,000개에 달하는 전 매장을 대상으로 '인종차별' 문제에 대한 교육을 실시했다.

미국사회의 흑인에 대한 차별이 여전히 존재함을 방증하는 사건이었다.

우리나라, 아니 나 자신도 그랬다.

큰딸이 초등학생일 때 영어학원 선생이 흑인이란 말을 듣고 난 편견을 가졌었다.

하지만 딸아이와 동네 마트에 갔다 마주친 그녀는 화색을 하며 줄리아
(딸의 영어 이름) 자랑을 하는, 마음이 따뜻한 여자였다.

난 가끔 '흑인들이 남부의 미시시피가 아닌 북부 뉴욕이나 펜실베니아
를 정착지로 택했으면 어땠을까?' 하는 생각을 한다.

그랬다면 상품적 가치로 취급되던 고통스러운 역사의 짐을 덜 수 있었
을 것이란 생각도 해 본다.

미시시피주의 꽃과 나무는 매그놀리아(Magnolia)이며 꽃말은 '고귀함'
이다.

차별받지 않는 인간의 존엄성에서 매그놀리아를 선택한 것이 아닌가
생각한다.

미시시피주를 떠나오면서 불과 57년 전인 1963년 링컨 기념관 앞에서 행
한 마틴 루터 킹의 명연설 'I have a dream'을 떠올리며 이내 숙연해진다.

나에게는 꿈이 있습니다
조지아의 붉은 언덕에서 노예의 후손들과 그 주인의 후손
들이
한 식탁에 마주 보고 앉게 되는 꿈입니다
나에게는 꿈이 있습니다
언젠가는 불의와 억압의 열기에 신음하던 저 황폐한 미시
시피 주가
자유와 평등의 오아시스가 될 것이라는 꿈입니다

나의 네 자녀들이 피부색이 아니라 인격에 따라 평가받는

그런 나라에 살게 되는 날이 오리라는 꿈입니다

자유가 펜실베이니아의 앨러게니 산맥에서 울려 퍼지게 합

시다

콜로라도의 눈 덮인 로키 산맥에서도 자유가 울려 퍼지게

합시다

캘리포니아의 굽이진 산에서도 자유가 울려 퍼지게 합시다

조지아의 스톤 마운틴에서도 자유가 울려 퍼지게 합시다

테네시의 룩아웃 산에서도 자유가 울려 퍼지게 합시다

미시시피의 모든 언덕에서도 자유가 울려 퍼지게 합시다

---

*페이스 힐(Faith Hill, 1967. 9. 20, 미시시피 잭슨 출생)

- 2001년 아메리칸 뮤직 어워드 컨트리 부문 인기 앨범상
- 2003년 미국 그래미시상식 여성 컨트리 보컬 부문 최우수상
- 2004년 영화 〈스텝포드 와이프(The Stepford Wives)〉출연
- 2009년 레이디스 홈 저널 〈30 Most Powerful Women in America〉에 이름을 올림
- 2019년 'Hollywood Walk of Fame' 스타 등록
- 대표곡: 〈Cry〉, 〈This Kiss〉, 〈Like We Never Loved at All〉, 〈The Way You Love Me〉

미네소타에서 루이지애나까지
흑인들의 애환을 담고 흐르는 미시시피강

10.

아이들을 행복하게 할 책무
'플로리다 프로젝트'

●

○

플로리다주의 항구도시 잭슨빌(Jacksonville)에 도착했다.

잭슨빌은 1860년대 남북전쟁으로 대부분의 시가 파괴되었지만 아픔을 딛고 대서양의 상업도시로 우뚝 섰다. 바다색의 건물 외장을 한 웰스파고 은행이 눈에 들어온다.

파란색 하늘과 바다가 누가 더 파란지 평행선을 두고 기싸움을 하고 있다. 온통 바다색으로 치장한 카페의 야외 데크에 앉아 그룹 이글스*의 철학적인 노래 〈Tequila Sunrise〉(1973)를 듣는다.

붉게 물든 석양에 취하고 테킬라 선라이즈 술잔에 담긴 고독에 취한다. 일출을 형상화한 테킬라 선라이즈는 용기를 북돋는 인커리지 칵테일(encourage cocktail)이다.

잭슨빌의 랜드마크 웰스 파고(Wells Fargo)

It's another tequila sunrise

Starin' slowly cross the sky, said goodbye

He was just a hired hand

Workin' on the dreams he planned to try

The days go by

Every night when the sun goes down

Just another lonely boy in town

And she's out running around

테킬라 선라이즈 한 잔 더

하늘을 천천히 가르고 있는 별은 안녕이라고 말했지

그는 단지 농장의 일꾼으로

계획한 꿈을 이루기 위해 노력했어

태양이 지는 매일 밤

마을 안에는 외로운 소년이 있고

그녀는 계속 주변을 맴돌고 있네

왜 플로리다가 최고의 휴양지인지 따로 설명할 필요가 없다.

일정 때문에 마이애미나 남쪽 끝 키웨스트를 가지 못해 아쉬움이 남았지만 플로리다는 어느 곳에 있든 이국적인 야자수가 즐비한 휴식처다.

플로리다는 대서양 연안의 상업 중심지이자 최고의 레저산업도시다.

아열대성 온난습윤의 기후 조건으로 농업이 발달한 미국 내 최대의 오렌지와 포도 생산지이며, 생산량은 캘리포니아의 두 배에 달한다.

잭슨빌에서 마이애미로 이어지는 340마일의 해변에서는 떠오르는 해를 감상하고 템파를 중심으로 한 맞은편의 해변에선 지는 해를 감상한다.

해안을 따라 나란히 손을 잡고 서서 반기는 오이스터 바(oyster bar)에는 굴 요리가 입맛을 돋우고, 가재, 새우 등 각종 싱싱한 해산물이 오감을 자극한다.

그러나 1992년 앤드류와 2005년 카트리나 같은 강력한 허리케인이 아름다운 비치를 시샘하는 주이기도 한다.

마이애미에서 4시간 거리에 있는 키웨스트는 어니스트 헤밍웨이가 머

물며 소설《노인과 바다》,《무기여 잘 있거라》의 작품을 쓴 역사의 도시
이기도 하다.

플로리다에 있으면 누구나 시인이 되고 또 화가가 된다.

영화〈플로리다 프로젝트(Florida Project)〉

손 베이커 감독의 영화〈플로리다 프로젝트(Florida Project, 2018)〉는
거대한 그늘에 가려진 가난한 사람들의 피난처를 그린 영화다. 플로리
다 프로젝트는 1965년 디즈니가 놀이동산을 건립하기 위해 주변 지역
의 땅을 매입하는 계획이다. 프로젝트 뒷골목 사각지대의 아이들은 가
난하지만 늘 유쾌하다. 언제 쫓겨날지 모르는 공간에 대한 불안은 체득
을 통해 극복한 지 오래다.

영화에 등장하는 연보라색 건물인 매직캐슬 모텔은 음울한 느낌이지만
아이들의 천국이다. 오렌지 월드, 아이스크림을 소재로 동화처럼 천진

한 모습들을 생생하게 그려 낸다. 그러나 돈과 사회보장제도로 포장된 아동복지국은 끊임없이 이 아이들을 위협한다.

영화의 마지막에서 젠시가 무니의 손을 잡고 디즈니 월드로 가는 장면을 보면서 가슴이 먹먹했다.

나는 간절히 기도했다.

'부디, 그들이 행복했으면….'

평화로운 플로리다 해변

난 아버지가 밉다.

왜 나를 그렇게 가난한 집에서 태어나게 했는지 한없이 원망했다.

당신의 책무를 게을리한 게 아닌가?

어릴 적 도종환 시인의 〈접시꽃 당신〉의 시 구절을 보며 아버지의 아픔을 생각했다.

농사일을 하다가 개망초를 바라보며 넋 없이 앉아 있는 걸 자주 보았기 때문이다.

초등학교 6학년 때였다.

난 수시로 아파서 학교에 가지 못하는 날이 많았다.

아버지는 고심 끝에 나를 대전 시내로 데리고 나가 작은 내과에서 검진을 받았다.

검진이 끝나고 나서 아버지는 내게 뭐 먹고 싶은 것이 없냐고 물으셨다.

난 평소와는 다른 아버지의 눈빛에 당황했다.

이전에 그토록 무섭게만 여겼던 아버지의 모습이 아니었기 때문이다.

창밖으로 펑펑 내리는 눈이 슬프다는 걸 그 나이에 알았다.

다음 날부터 이상한 일들이 있었다.

어머니는 생선 반찬을 네 형제 중 내 밥 숟가락에만 얹어 주셨고 저녁이 되면 동네 아주머니들이 복숭아 통조림을 사 가지고 오셨다.

나중에 안 사실이지만 난 그 병원에서 백혈병 진단을 받았고

의사는 내가 6개월을 넘기지 못하니 잘 대해 주라고 했다고 한다.

그때 부모의 심정은 어땠을까?

그 의사의 오진이 아니었다면….

그래서 부모님은 내가 두 번의 삶을 산다고 말씀하신다.

난 아버지가 고맙다.

내가 만족하는 지금의 나의 훌륭한 유전자를 물려주셨으니….

40여 년의 세월이 흘렀지만 여전히 그 당시 아버지의 슬픈 눈동자는 잊히지 않는다.

플로리다의 불청객 허리케인

해변에서 비치볼을 갖고 놀고 있는 갈색머리의 두 소녀가 눈에 들어온다.

세상에서 가장 행복해 보이는 그녀들을 통해 내 나이 30대 중반의 어느 일상으로 들어간다.

직장 옆 문구점에서 사무용품을 고르던 중 초등학생으로 보이는 두 자매가 들어왔다.

갓 입학한 초등학생으로 보이는 동생이 물건을 고르더니 언니와 한참

의 소곤거림 끝에 그림 수첩으로 보이는 물건을 계산대에 올리고 천 원
짜리 지폐 두 장을 꺼내 놓는다.

주인 아저씨: 이거 3천 원짜리인데?

언니: 거봐. 안 된다고 했잖아.

동생은 옆에서 지켜보던 나와 눈이 마주치자 서럽다는 듯 닭똥 같은 눈
물을 뚝 떨어뜨린다.

나는 슬그머니 천 원짜리 지폐를 주인에게 건네며 아이들에게 물건을
주라고 한다.

주인은 "안 그래도 되는데…."라며 겸연쩍은 얼굴을 하며 물건을 건네
준다.

언니는 내게 고개를 숙이며 감사의 눈인사를 한다.

해맑게 문구점을 나서는 그 초롱초롱한 자매의 눈에 비친 한 남자가 보
였다.

분명 나의 모습이었다.

2018년 2월 14일 플로리다 남부 스탠톤 더글라스고등학교에서 퇴학생
의 총기 난사로 17명의 학생이 숨지는 참사가 일어났다.

생존 학생들은 고교생들의 적극적 동맹 휴업과 '우리 생명을 위한 행진
(March for our lives)'을 통해 미국총기협회 NRA의 정치적 파워에 맞섰다.

하지만 미국 내 보수적이라고 하는 플로리다에서 어린 청춘들의 간절
한 외침을 현실로 받아들이기엔 요원한 일처럼 느껴졌다.

〈플로리다 프로젝트〉의 주인공 무니 역을 맡았던 브루클린 프린스는 크리스틱 초이스 아역상 수상소감에서 이렇게 말했다.

"이 세상의 모든 무니와 핼리에게 이 상을 바치며, 우리 모두 다 같이 그들을 도와야 한다."

우리 어른들이 가져야 할 책무에 대한 메시지다.

오늘밤은 J. D. 샐린저의 《호밀밭의 파수꾼》을 읽어야겠다.

석양이 지는 플로리다의 바다는 여전히 아름답다.

---

*이글스(The Eagles, 글렌 프레이, 돈 헨리를 주축으로 캘리포니아 LA에서 결성된 컨트리락 그룹)

- 1971년 컨트리 가수 린다 론스타드의 백밴드로 활동하며 데뷔
- 1977년 제20회 미국 그래미 어워드 올해의 레코드상
- 1979년 제22회 미국 그래미 어워드 최우수 락 보컬상
- 1982년 공식 해체 선언 후 1994년 그룹 재결성
- 1998년 록큰롤 명예의 전당(Rock and Roll Hall of Fame)에 헌액됨
- 5번의 빌보드 싱글차트 1위, 6번의 그래미 상(Grammyaward) 수상
- 대표곡: 〈Hotel California〉, 〈Take it Easy〉, 〈Desperado〉 등

플로리다 선셋(Sunset)

11.

텍사스 아마릴로에서 맞는
황홀한 아침

●

○

텍사스는 외롭다. 주의 깃발도 외로운 별 론스타(Lonestar)이다.

한반도 면적의 3배에 달하는 미국의 본주 중에 가장 넓은 주이자 1845
년 멕시코와의 전쟁을 통해 쟁취한 곳이다. 그래서인지 도시 곳곳에서
멕시코의 향기를 느낄 수 있다.

우리에게 익숙한 도시들도 많다.

J. F. 케네디 대통령이 암살된 달라스와 알라모 요새의 샌 안토니오,
NASA가 있는 휴스턴 등 이들 대도시는 거인의 낮잠처럼 거대하며 고
요하다.

국제 원유 가격을 결정하는 기준 WTI(텍사스산 원유)와 천연가스 등
광물이 풍부하고 조지 부시를 비롯한 고집쟁이(?) 조지(George) 성이
많고 텍사스 기질처럼 거칠기로 유명하다.

달라스(Dallas, TX) 전경

목가적이며 프런티어적 기풍을 지닌 상남자 같은 남부 냄새가 물씬 풍
기는 곳이며 로데오, BBQ, 건샵(Gun Shop), 홍키 통크 음악(Honky
Tonk Music), 카우보이 모자와 부츠의 도시다. 스포츠팀으로 풋볼팀 달
라스 카우보이와 박찬호, 추신수 선수가 몸담은 메이저리그 야구팀 텍
사스 레인저스가 명성을 떨친다.

텍사스 북서부의 작은 도시 아마릴로로 향했다.
인구 19만 명의 도시 아마릴로(Amarillo)의 어원은 노란색이다.
아마릴로라는 지명은 부근에서 출토되는 점토질의 퇴적물이 지닌 특이
한 '황색'을 의미하는 에스파냐어(語)에서 비롯되었다.
하이웨이 옆 맥도날드에서 앨런 잭슨(Alan Jackson)의 노래〈Amarillo〉
(1998)를 듣는다.

고향 아마릴로를 떠난 여인을 30년 동안 기다리는 서양판 망부가다.

The time has come, You're really leavin'
You always told me that you wanted to
I guess I never thought It would happen
I guess I never really wanted it to
The world is calling you and you must answer
But you can take me with you In your dreams

If you ever get back to Amarillo
In a shiny new car or worn out shoes
If you ever get back to Amarillo
I'll be waitin' for you

당신이 정말 떠날 시간이 되었어요
당신은 나에게 떠나고 싶다고 항상 말했지만
그날이 결코 오지 않을 거라 생각했어요
세상이 당신을 불러냈고 당신은 대답을 해야 합니다
당신은 당신의 꿈으로 나를 이끌었었지만 말이에요

당신이 아마릴로에 돌아온다면

빛나는 차를 타고 오거나 다 낡은 신발을 신고 걸어오겠죠

당신이 아마릴로에 돌아온다면

난 당신을 기다리고 있을 거예요

텍사스 카우보이 부츠 매장(Cwboy Boots Shop)

30대 중반에 '출라비스타'라는 필명을 가진 분을 만났다.

국내에서 나 혼자만 컨트리 음악을 좋아할 것이라고 생각을 했으니 얼마나 그가 반가웠는지 모른다. 그는 내게 '퓨어 컨트리(Pure Country)'라는 비디오테이프를 주었고, 한글 자막이 없는 영화를 보며 흥분을 감추지 못했다.

그는 본인의 필명대로 7년 전 샌디에이고 출라비스타로 가족과 함께 이민을 떠났다.

난 지금도 그와 연락을 자주 하며 지낸다. 얼마 전 그는 올드 퍼시픽 하이웨이(Old Pascific Highway)를 달리다 라디오에서 그룹 이글스의 〈ol' 55〉(1973)가 흘러나오자 차를 세워 놓고 펑펑 울었다고 했다.

나도 유튜브를 통해 그 노래를 듣는다. 자신의 길을 가지 못한 회한을 노래한 이글스의 〈ol' 55〉. 내 슬픔 정도는 참을 수 있을 것 같았는데 첫 소절이 시작되자마자 나도 이미 울고 있었다.

예전에 세련된 뉴요커의 한 여성을 만났다. 그녀는 친척이 아마릴로에서 살고 있어 그곳에 가본 적이 있었다고 했다. 기대와 달리 그곳은 그저 평범한 시골마을 같다고 했다. 한국에서 아마릴로 얘기를 해 준 것은 그녀가 처음이자 마지막이었다.

〈도시의 카우보이(Pure Country, 1992)〉는 진정한 텍사스 영화다. 슈퍼스타 조지 스트레이트(더스티 챈들러 役)는 화려한 조명과 관중의 광적 환호, 빽빽한 스케줄로 극도의 피로감에 싸여 있다.

어느 날 잠시의 휴식 시간 동안 산보를 하고 오겠다며, 묶은 머리를 펄럭이며 사라지는데…. 그는 어린 시절 기타 치며 참된 행복감을 느꼈던 자신의 모습을 회상하며 고향집으로 향한다. 이곳에서 그는 사랑스런 목장의 여인과 감미로운 로맨스에 빠지게 되는 영화다.

주연 배우 조지 스트레이트(George Strait)는 당대 최고의 컨트리 가수이자 남부 텍사스의 '살아 있는 전설(Living Legend)'이다.

영화의 마지막에서 객석 앞자리에 앉은 사랑하는 여인을 위해 〈I Cross My Heart〉을 부른다. 여자는 감격의 눈물로 답한다.

심금을 울리는 〈사랑의 맹세〉. 이 곡은 600만 장 이상의 판매를 기록했다. 한국에선 영화관이 아닌 비디오테이프로만 출시했다.

영화 〈파리 텍사스(Paris, Texas)〉의 나스타샤 킨스키

텍사스 영화가 주는 느낌은 'dusty'와 'lonely'로 집약된다.

이를테면 '황량한 사막의 쓸쓸함'이다.

그래서 텍사스에선 자연스레 고독을 주제로 한 영화들이 탄생한다.

〈파리 텍사스(Paris, Texas, 1984)〉는 게르만 미녀 배우 나스타샤 킨스키 주연의 영화다.

1980년대 피비 케이츠, 소피 마르소와 함께 최고의 미녀 아이콘인 나스타샤 킨스키는 영화를 통해 삶의 치유를 전했다. 포스터가 갖는 파란색과 주인공 해리 딘 스탠튼(트레비스 役)의 빨간 모자, 나스타샤 킨스키(제인 役)의 빨간 스웨터가 강렬한 인상을 준다.

〈돈 컴 노킹(Don't Come Knocking, 2005)〉은 한물간 할리우드 스타이

자 길 잃은 카우보이의 가족 찾기다. 국내 관객 수가 많지 않은 인디 영화이지만 텍사스의 풍경을 잘 그려 냈다. 포스터만 봐도 고독이 철철 넘친다.

아카데미 작품상 수상작인 〈노인을 위한 나라는 없다(No Country For Old Men, 2007)〉는 토미 리 존스가 열연했다. BGM이 없이 무겁다. 누군가 이 영화에 대한 관전평을 이렇게 썼다.

'너무 철학적인 영화이다. 한 번 봐서는 도대체 뭔지 모르겠고, 두 번, 세 번을 보니 내용이 이해가 되고, 중간중간에 숨어 있는 깨알 같은 명대사들도 보인다.'

크리스 파인, 벤 포스터의 〈로스트 인 더스트(Hell or High Water, 2016)〉는 텍사스의 시골 은행을 터는 두 형제의 이야기다. 거리와 건물, 심지어 배경음악도 온통 먹먹하다. 감독이 노린 콘셉트이기도 하지만 텍사스 본연의 모습이다.

보안관 역을 맡은 제프 브리지스의 한마디가 텍사스를 대변한다. "역시 서부 텍사스야." 거칠고 무뚝뚝한 사람이란 의미다.

두 형제가 오클라호마주 경계를 지날 때 차 안에서 큰소리로 "바보라고 부르라지, 너와 나만 괜찮으면 돼."라고 따라 부르는 웨일런 제닝스의 노래 〈You Ask Me To〉(1973)가 오랜 여운을 남긴다.

벤 포스터는 이곳에서 다코타 패닝의 동생인 엘르 패닝과 함께 영화

영화 〈로스트 인 더스트(Hell or High Water)〉

〈갤버스턴(Galveston, 2018)〉을 찍었다. 세상에 기댈 곳 없는 두 인물이 만나 의지하며 희망을 싹 틔우지만, 얼마 가지 않아 충격적인 사건에 휘말리게 되는 과정을 다룬 범죄 스릴러다. 갤버스턴은 텍사스 휴스턴 남쪽에 있는 멕시코 연안의 도시다.

아마릴로 작은 호텔에서 아침을 맞으며 텍사스 시민 가요인 조지 스트레이트의 〈Amarillo by Morning〉을 듣는다. 나도 카우보이 부츠를 신고 카우보이 모자를 쓴 로데오 선수가 된다.

Amarillo by morning, up from San Antone
Everything that I've got is just what I've got on
When that sun is high in that Texas sky

I'll be bucking it to county fair

Amarillo by morning, Amarillo I'll be there

They took my saddle in Houston, broke my leg in Santa Fe

Lost my wife and a girlfriend somewhere along the way

Well I'll be looking for eight when they pull that gate

And I'm hoping that judge ain't blind

Amarillo by morning, Amarillo's on my mind

샌 안토니오를 지나 아침은 아마릴로에서 맞을 거예요

지금까지 내가 해 온 모든 것들은 그저 별 탈 없이 살아 왔
다는 거죠

해가 텍사스 하늘 중천에 오면

난 야생마와 맞서 로데오 경기를 하고 있겠죠

아침은 아마릴로에서 맞을 거예요. 아마릴로에 가 있을 거
예요

녀석들이 휴스턴에선 내 말 안장을 떨어뜨리고

산타페에선 내 다리를 부러뜨렸죠

아내도 애인도 잃고 정처 없이 홀로 가는 길이죠

로데오 경기장 문이 열리면 난 8초만 버티며 기다릴 겁니다

심판이 장님이 아니길 바라면서 말이죠

아침은 아마릴로에서 맞을 거예요

내 맘속엔 온통 아마릴로만 있어요

황색의 대지 위에 걸린 붉은 색의 태양은 황홀 그 자체다.

멕시코 술인 테킬라와 코로나가 자연스레 생각난다.

30년 전 대흥동 소극장에서 음악 감상회의 추억을 나누던 대전의 음악 동호인이 그립다.

15년 전 컨트리 음악 동호인들과 송탄, 이태원 컨트리 바를 아지트로 전전하던 그때가 그립다.

지인들과 아마릴로의 웨스턴 바에서 코로나를 마시며 인생이야기를 하고 싶어진다.

텍사스 음식은 텍스 멕스(Tex - Mex)로 유명하다.

대표 음식 나초와 부리토는 멕시코의 강하고 매운맛을 중화시킨 멕시코 음식이다.

점심에 빅산 스테이크(The big Texan steak ranch&brewery)를 찾았다.

아마릴로를 가면 반드시 들러야 할 식당이다.

더 빅 텍산(the big texan)이라는 스테이크 하우스는 소고기 스테이크 72온즈(약 1.7kg)의 세계에서 가장 큰 스테이크를 제공한다.

가격은 상징적으로 72달러이며, 한 시간에 스테이크와 사이드 디쉬를 남김없이 먹으면 공짜다.

아마릴로를 떠나오면서 앨런 잭슨의 〈The One You're Waiting On〉

아마릴로의 빅산 스테이크(The Big Texan Steak)

(2015)을 듣고 있자니 마음이 울컥한다.

인생은 어차피 기다림이 아닌가?

살아가면서 내가 기다려야 하는 것들은 어쩌면 사소한 것일 것이다.

빠르게 지나가 버린 OL'55의 차량과 오래전 이미 아마릴로를 떠난 여인
과 먼 옛날 음악 친구들과 나누던 테킬라 한 잔일지도 모른다.

분명한 것은 그 사소한 기다림이 설렘으로 바뀌는 날이 올 것이라는 믿
음이다.

젠장, 누가 이렇게 슬픈 스틸 기타를 만든 것인지?

아마릴로의 대지는 노란 그리움으로 가득 차 있다.

＊**조지 스트레이트**(George Strait, 1952. 5. 18, 텍사스주 포릿 출생)

- 1981년 1집 앨범 《Strait Country》로 데뷔
- 2013년 제47회 컨트리 뮤직 어워드 올해의 엔터테이너상
- 2014년 제49회 아카데미 오브 컨트리 뮤직 어워드 올해의 엔터테이너상
- 2006 컨트리 뮤직 명예의 전당 헌액
- 대표곡: 〈Texas〉, 〈Blue Clear Sky〉, 〈Carrying Your Love With Me〉

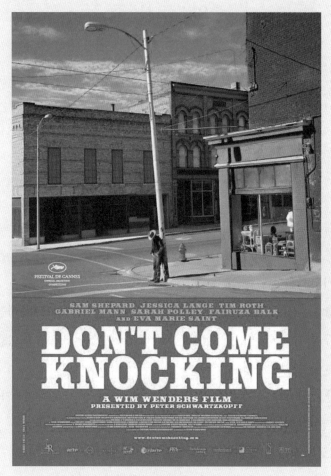

영화 〈돈 컴 노킹(Don't Come Knocking)〉

증오가 끝나는 곳,
몬태나와 브래드 피트

●

○

'보배의 주'라는 명칭답게 끝없이 펼쳐진 광활한 초원 몬태나(Montana).
여름으로 들어서는 6월임에도 몬태나주 옐로스톤에는 여전히 쌀쌀함
이 가시지 않았다.

몬태나는 서부에는 로키산맥이 자리 잡고 동부에는 그레이트 플레인스
의 구릉 지대가 이어지고 말을 탄 카우보이와 인디언의 모습을 어렵지
않게 볼 수 있는 곳이다.

한반도 면적의 1.7배에 달하는 거대한 땅에 백만 명 남짓의 인구가 사
는 것이 대지의 낭비가 아닌가라는 생각을 했다.

산, 호수, 빙하가 빚어낸 절경에 감탄을 금치 못한다.

이곳에서 브래드 피트는 영화 〈흐르는 강물처럼(A River Runs Through
It, 1992)〉과 〈가을의 전설(Legends Of The Fall, 1995)〉을 촬영했다.

몬태나 글레이셔(Glacier) 국립공원

그래서 몬태나 어느 곳에서든 브래드 피트의 향기가 느껴진다.

로버트 레드포드 감독의 〈흐르는 강물처럼〉에서는 플라잉 낚시를 통한
인생의 관조를 느낀다.
반짝이는 은빛 물살에 아름다운 몬태나의 자연들이 어우러져 유유히
흘러간다.
에드워드 즈윅 감독의 〈가을의 전설〉에서는 원스텝이란 인디언이 평생
동안 그가 지켜보았던 루드로우 일가의 일대기를 회상하는 형식으로
이야기를 엮어 간다.
몬태나의 대서사시는 마치 그리움만 묻히고 떠나는 가을을 보는 듯 애
잔하다.

두 영화 모두 '완전히 이해할 수는 없어도 완전히 사랑할 수 있는 것이 가족'이란 명제를 드리운 듯하다.

왜 이토록 브래드 피트는 몬태나를 갈망하였을까?

그것은 그가 체로키 인디언의 혈통이라는 데서 찾을 수 있었다.

영화 〈노예 12년(12 Years a Slave, 2013)〉에서 흑인에 대한 구원을 열연했듯 그리고 '졸리-피트재단'의 아프리카 빈민구제 프로젝트를 통해 알 수 있듯 한 맺힌 혈통에 대한 자애심에서 비롯되지 않았을까?

브래드가 죽으면 반드시 몬태나주 어딘가에 묻힐 것이란 생각을 해 본다.

몬태나의 주도 헬레나(Helena)
사진 출처: 위키피디아

골드러시로 형성된 몬태나의 주도 헬레나로 접어드는 길.

메인 스트리트에 위치한 세인트 헬레나 대성당과 워킹몰인 래스트 챈스

굴치(Last Chance Gulch)를 돌아보지만 고층 건물을 찾아볼 수 없다.
더글라스 케네디의 소설 《빅픽처》(2010)에서 주인공 벤이 마운틴 폴스
에서 도주해서 헬레나로 가고 싶어 했던 이유를 짐작할 수 있었다.
2만 8천 명이 사는 작은 도시 헬레나는 범죄자인 자신을 숨기며 사진에
대한 열정을 실현하기에 적절한 곳이 아니었을까?

2019년 세밑에 국내 개봉한 폴 다노 감독의 처녀작 〈와일드라이프
(Wildlife, 2018)〉는 1960년의 몬태나를 그려 냈다. 캐리 멀리건과 제이
크 질렌할의 농염한 원숙미를 바탕으로 몬태나의 아름다운 풍광 뒤에
한 가족의 가난하고 거친 삶을 교모히 숨겨 놓았다.
몬태나의 색깔을 잘 드러낸 〈한나 몬타나(Hannah Montana, 2009)〉는
디즈니 채널에서 2006년부터 방영한 TV 시리즈를 편집해 2009년에 다
시 영화로 만든 것이다.
스타의 삶과 평범한 삶 모두를 지키고 싶은 인기 아이돌 마일리 사이러
스(Miley Cyrus)의 자신의 이야기를 담은 이 영화는 개봉 첫 주 미국 흥
행 1위를 차지했다.
사실 난 영화의 내용보다는 마일리 사이러스의 아버지가 유명한 컨트리
가수 빌리 레이 사이러스(Billy Ray Cyrus)라는 점과 카메오로 가수 테
일러 스위프트(Taylor Swift)가 출연했다는 것 때문에 관심을 가졌다. 빌
리 레이 사이러스는 이 영화에 딸과 함께 출연했고 테일러 스위프트는
웨스턴 바에서 마일리의 아버지를 위해 사랑의 세레나데 곡을 부른다.

몬태나주 승마 체험 프로그램

주유소 옆에 설치된 '이곳은 눈물의 여정이 시작되는 곳입니다.'라는 낡은 표지판을 보며 레이더스*의 〈Indian Reservation〉(1971)을 듣는다. 레이더스의 보컬을 담당하는 마크 린지(Mark Lindsay)는 자신이 체로키의 후손임을 알리고 이곡의 녹음을 추진했다.

> They took the whole Cherokee nation
>
> Put us on this reservation
>
> Took away our ways of life
>
> The tomahawk and the bow and knife
>
> Took away our native tongue
>
> And taught their English to our young
>
> And all the beads we made by hand

Are nowadays made in Japan

그들은 채로키 땅 전부를 빼앗아 버렸습니다
우리들을 보호구역에 가둬 버리고
토마호크와 활과 칼 등 우리의 생활방식을 앗아 갔습니다
우리의 모국어도 빼앗고 그들의 영어를 가르쳤습니다
우리가 손으로 꿴 구슬들을 지금은 일본에서 만들어 내고
있습니다

'난 셔츠를 입고 넥타이를 매긴 하지만 아직도 가슴 깊은 곳엔 인디언의 피가 흐르는 자랑스런 인디언입니다.'라는 가사가 심오함과 숙연함을 동시에 느끼게 한다.

인디언, 정확히 표현하면 '네이티브 아메리칸(Native American)'이다.
아파치족, 모히칸족, 세미놀족 등 부족도 다양하다.

인디언의 후손

특히 몬태나는 3만 명의 인디언이 거주하는 곳이라서 인디언을 모티브로 한 영화가 많이 제작되는 곳이기도 하다.

미국인들은 1850년대 인디언 보호정책이란 미명 아래 오클라호마, 유타 등지에 300여 개의 인디언 보호구역을 만들어 대규모 이동을 시킨다.

이때 대부분의 인디언이 목숨을 잃었으며 이를 '눈물의 여정(Trail of Tears)'이라 부른다.

오래 전 서부에 있는 요세미티 국립공원을 가 본 적이 있었다.

요세미티라는 단어가 인디언 언어라는 말과, 미국을 건설할 때 명명된 아리조나(작은 샘), 오클라호마(붉은 사람) 등 대부분의 도시가 인디언 언어였다는 걸 알게 되었을 때 미국인의 이중성에 화가 났다.

인디언의 터전을 빼앗고 마지막 양심으로 선의를 베푼 듯한 미국인의 이중성이라니….

하긴 지구의 역사가 수많은 침략전쟁으로 이뤄졌으니 미국을 탓하기도 뭣하다.

게다가 난 스타벅스와 서브웨이, 무엇보다 미국의 전통음악을 좋아하지 않는가?

인디언 보호구역을 배경으로 촬영된 테일러 셰리던의 영화 〈윈드 리버(Wind River, 2016)〉는 차가우면서도 절제된 인디언의 분노를 잘 묘사하고 있다.

침묵하는 설원 위에 인디언의 견딜 수 없는 아픔이 피를 토하듯 흩뿌려진다.

몬태나주 청사 State Capital(Helena)

〈윈드 리버〉는 로튼토마토 지수 94%를 기록하며 흥행성, 작품성을 만족시키는 최고의 스릴러로 평가받았다.

보수적 백인 관점으로 논란이 되었던 다니엘 데이 루이스 주연의 영화 〈라스트 모히칸(The Last Of The Mohicans, 1992)〉은 인디언의 아픈 역사를 그려 냈다.

"꼭 살아 있어야 해요! 아무리 멀고 험한 곳이라도 당신을 찾아 가겠소."

비장함 속에 울리는 사운드트랙은 장엄함 그 자체다.

크리스천 베일의 서부극 〈몬태나(Hostiles, 2017)〉는 미국인과 인디언과의 갈등에 종지부를 찍는 영화다.

그래서 부제를 '증오가 끝나는 그곳'으로 정했다.

영화 〈몬태나(Hostiles)〉

어쩌면, 미국인들은 영화를 통해 역사적 속죄의 진정성을 보여 주고 싶었는지도 모른다. 불편한 응어리를 풀어 보려는 화해의 제스처와 함께 말이다.

영화 도입부의 D. S. 로렌스가 말한 '미국 영혼의 본질은 억세고 고독하고 초연하며 살의에 찼다. 그건 지금까지 그대로 뭉쳐 있다.'라는 의미를 새겨 본다.

헬레나를 떠나면서 미국이 워싱턴주를 매입하려 했을 때 인디언 추장이던 시애틀(시애틀 추장의 이름을 따 워싱턴주의 도시 이름을 지었다.)이 1950년 미국 피어스 대통령에게 쓴 편지를 읽자니 가슴이 아려

온다.

> 우리에겐 이 땅의 모든 부분이 거룩하다.
> 빛나는 솔잎, 모래 언덕, 어두운 안개, 맑게 노래하는 온갖
> 생명들,
> 이 모두가 우리의 삶과 경험에는 신성한 것이다.
> 우리가 죽어서도 이 땅을 잊지 못하는 것은
> 이곳이 바로 우리 인디언들에겐 어머니이기 때문이다.

어머니를 빼앗기는 절박한 상황에서도 시애틀 추장의 냉철함이 드러난다.
몬태나를 가르는 옐로스톤강에는 오늘도 인디언의 눈물이 넘쳐 흐른다.

---

*레이더스(Paul Revere&The Raiders, 1963년 미국 아이다호 출신 그룹)

- 폴 리베아를 리더로 결성된 5인조 그룹 레이더스는 당시 CBS 레코드에 소속된 본격적인 로큰롤 그룹이었다.
- 1963년 〈Louie Louie〉로 데뷔, 〈Mr Sun Mr Moon〉 등 앨범 발표
- 1971년 2월 발표한 〈Indian Reservation〉이 그룹 레이더스의 최대의 히트곡으로 빌보드 1위를 기록했다.

인디언 마을 풍경(New Mexico)

13.

조지아,
바람과 함께 사라지다

●

○

인천에서 14시간을 날아 국제선 직항 노선 중 가장 멀다는 조지아주 애틀랜타(Atlanta)에 도착했다.

도시 인구 중 40%가 흑인답게 공항 내 종사하는 흑인들이 자주 눈에 띄었다.

조지아주는 북서부의 애팔래치아 산맥과 피드몬트의 대지로 이루어진 인구 천만 명에 가까운 미시시피강 동쪽의 최대의 주이다.

애틀랜타는 인구 45만 명의 남동부 최대 도시이며 CNN센터와 코카콜라 본사가 있는, 1996년 26회 하계 올림픽이 개최된 도시다.

마틴 루터 킹의 기념관과 마가렛 미첼 여사의 생가가 자리한 채터후치강 연안의 역사적 문학적 도시이기도 하다.

조지아주의 다른 이름은 '복숭아 주(Peach State)'이다. 이 지역에서 생

애틀랜타 다운타운 전경

산되는 분홍빛 복숭아는 전 세계에서 가장 당도가 높고 맛있기로 유명
하며 1995년 조지아주의 공식 과일로 등록 되었다. 자동차 번호판에도
복숭아 나무가 그려져 있고 'Peach State' 문구도 새겨져 있다.

10월 말로 접어든 늦가을 조지아는 아직도 여름의 끝자락처럼 느껴졌다.
늦은 점심으로 올림픽 기념
공원에 앉아 드라이브 쓰루
(Drive Through)로 주문한 조
지아 대표 브랜드인 칙 필레 햄
버거를 먹는다.
야채가 적게 들어가 있어 텁텁
한 느낌인데도 맛있다. 분명

복숭아 광고
사진 출처: Staceyvanberkel.com

패티의 속임수이다.

칙 필레(Chick Fil-A)는 맥도널드와 인 앤 아웃 버거(In-N-Out Burger)를 제치고 10대들이 가장 선호하는 패스트푸드 전문점으로 등극했다. 닭(Chick) 이름을 사용했듯이 이어폰을 꽂고 만돌린 연주로 시작되는 덕스 밴틀리(Dierks Bentley)*의 〈My Last Name〉(2003)을 듣는다. 밴틀리(Bentley)라는 특이한 성을 가진 덕스 밴틀리 자신의 노래다.

> I learned how to write it when I first started school,
> Some bully didn't like it, he said it didn't sound to cool,
> So I had to hit him and all I said when the blood came,
> It's my last name
> Grandpa took it off to europe to fight the Germans in the war,
> It came back on some dogtags nobody wears no more,
> It's written on a headstone in the field where he was slain,
> It's my last name

> 처음 학교 다닐 때 글 쓰는 법을 배웠지요
> 그때 몇몇 패거리들이 내 이름이 듣기 불편하다고 싫어했지요
> 그래서 내가 그놈에게 한 방 먹이고 코피가 나왔을 때 한 말

이 있었어요

그것은 내 성(last name)이야!

할아버지는 2차 세계대전에 독일과 싸우러 참전하셨어요

하지만 몇몇 인식표와 전사자로 돌아오셨지요

전사한 전장에서 묘비에 써 있는 것이 있었죠

그것은 나의 라스트 네임이었죠

덕스 벤틀리(Dierks Bentley)

온통 빨간색으로 인테리어된 코카콜라 박물관에 들렀다. 진열된 수많은 캐릭터 상품을 보며 코카콜라의 역사를 가늠해 볼 수 있었다.

코카콜라는 애플에 자리를 내주기 전까지 매년 19억 병 이상을 판매하며 13년간 세계브랜드 순위 1위를 줄곧 지켜 왔다. 전문가들은 코카콜라의 성공 요인을 크게 두 가지, 즉 브랜드 네이밍과 감성 마케팅으로 분석한다.

코카콜라의 브랜드 네이밍은 원료로 사용된 코카 잎과 콜라나무 열매에서 유래했다고 한다.

1886년 존 펨버튼이 코카콜라를 개발한 이후 130여 년이 지났지만 지금까지도 그 제조법은 여전히 베일에 가려져 있다.

코카콜라의 슬로건은 '언제나(Always)', '상쾌함(Refresh)', '진정한 맛(Real Thing)'이다.

코카콜라는 언제나 함께할 수 있고 즐겁고 상쾌한 경험을 제공해 줄 것이라는 감성적인 측면을 강조하고 있다. 세계적 불황에도 불구하고 2008년부터 지금까지 코카콜라는 긍정과 희망의 메시지를 담은 '행복을 여세요(Open Happiness).' 캠페인을 진행하고 있다.

미국 내 2,300개의 프랜차이즈 가맹점이 있다는 배스킨라빈스의 한 매장에 들렀다.

가게 안에는 '우리는 아이스크림을 파는 것이 아니라 즐거움을 파는 것이다.'라는 배스킨라빈스의 기업 이념이 새겨 있다.

배스킨라빈스 31은 어니 라빈스와 버튼 배스킨의 이름을 따서 만든 것이다.

31이란 숫자는 한 달 매일매일 다른 맛의 아이스크림을 맛볼 수 있다는 것에 창안하여 붙이게 되었다고 한다.

코카콜라 박물관의 기념품

난 평소 배스킨라빈스 메뉴 중 '바람과 함께 사라지다'를 좋아했다.

배스킨라빈스는 '바람과 함께 사라지다'를 '블루베리와 딸기로 상큼함

을 더한 치즈케이크 한 조각'이라고 정의하고 영문명을 우리와는 전혀

다른 '트윈베리 치즈케익(Twinberry Cheesecake)'이라 부른다.

눈 깜짝할 사이에 없어짐을 의미하는 작명을 고상하게 한 감성마케팅

사례다.

P&G 그룹의 비누 네이밍 '아이보리(Ivory)'는 깨끗한 향기와 흰색을 상

징한다.

인텔의 대표 브랜드였던 '펜티엄(Pentium)' 역시 음성학적 완벽의 3음

절을 따서 만들었다.

파파존스(Papa John's)는 상품을 의인화하여 소비자에게 친밀감을 표현했고, 택배회사인 페덱스(FedEx)는 Federal + Express 두 단어를 조합하여 네이밍을 정했다.

모두가 네이밍(naming)의 대표적 성공 사례이다.

몇 해 전 대전시 인재개발원에서 신규 공무원을 대상으로 강의를 한 적이 있었다.

강의 주제는 '선배 공무원과의 대화'였는데 나는 나름 진부하다고 스스로 판단하여 공직에 관한 이야기를 배제한 채 프레젠테이션 제목을 '감성 코칭'이라 정했다.

갓 입사한 새내기 공무원들이 궁금해하는 니즈(needs)를 잘못 판단한 착오이자 방향 설정을 잘못한 실패작이었다. 네이밍의 중요성을 깨닫는 계기이기도 했다.

언론계의 지평을 바꿨다고 하는 CNN 본사 견학을 마치고 나오자 거대한 인파의 행렬이 진행되고 있었다. 핑크색 유니폼을 입은 수천 명의 여성들이(간혹 남성들도 있었지만) 각종 피켓과 이벤트 용품을 들고 핑크 리본 행사를 개최하고 있었다. 사회적 분위기 확산의 메시지 전달이라기보단 축제를 즐기는 듯했다.

조지아주의 명물인 미국 최대의 조지아 아쿠아리움을 관람했다. 미국다운 거대한 스케일에 또 한 번 놀라고 바닷속을 탐험하는 듯한 현실감에 압도된다.

조지아 핑크 리본 행사자들과 함께

애틀랜타 영화의 콘셉트는 '음악과 문학'이다.

〈슈퍼플라이(SuperFly, 2018, 리메이크 作)〉는 애틀랜타를 배경으로 한 트레버 잭슨 주연의 '블랙스플로이테이션(Blaxploitation, 흑인 영웅이 등장하는 흑인 관객들을 위한 영화의 총칭)'영화이다. 원작 〈슈퍼플라이(1972)〉는 상업적으로 성공했지만 흑인 사회를 마약상, 갱스터 등 부정적 이미지로 조명했기 때문에 흑인들은 그다지 달가워하지 않았다.

그러나 리메이크 작은 성공을 거두며 미국영화협회 선정 스릴러 100선에 포함되기도 했다. 영화 속 명대사 '웰컴 투 더 애틀랜타(Welcome to Atlanta)'처럼 애틀랜타의 도시 경관과 스카이 라인이 잘 묘사된 영화다. 빌보드 싱글 차트 4위와 8위에 오른 바 있는 영화 사운드트랙 〈Freddie's Dead〉와 〈Superfly〉도 눈여겨볼 만하다.

에드가 라이트 감독, 안셀 엘고트 주연의 〈베이비 드라이버(Baby Driver, 2017)〉도 애틀랜타를 배경으로 만들었다.

마치 〈분노의 질주(The Fast And The Furious, 2001)〉와 〈비긴 어게인(Begin Again, 2013)〉두 영화를 믹스한 듯한 귀로 느끼는 액션이다. 극 중 이명을 앓고 있는 베이비의 콘셉트에 맞춰 실제 울림소리를 삽입할 만큼 사운드에 심혈을 기울였다. 엔딩 크레딧에 올린 사이몬앤 가펑클 OST가 많은 인기를 끌었다.

2010년 시작한 AMC 방송국의 텔레비전 드라마 〈워킹 데드(The Walking Dead, 2010)〉는 좀비로 가득한 세상에서 살아남은 생존자들의 사투를 그린 드라마로 미국 케이블 TV 최고 시청률을 기록하는 등 인기리에 시리즈를 이어 가고 있다. 만화를 기반으로 흥행에 힘입어 동명의 게임과 관련

AMC 드라마 〈워킹데드(The Walking Dead)〉

상품이 다수 출시되었으며, 2019년 현재 시즌 9이 방영되고 있다.

애틀랜타의 대명사 〈바람과 함께 사라지다(Gone With The Wind, 1936)〉는 마가렛 미첼의 퓰리처상 수상작으로 세계 문학사의 한 획을 그은 작품이다.

당초 마지막 대사인 '내일은 또 다른 내일(Tomorrow is Another Day)'이 제목이었으나 출판사 담당자의 권유로 지금의 제목인 '바람과 함께 사라지다'로 바뀌었다 한다. 네이밍의 중요성이 또 한 번 부각되는 사례다.

비비안 리(스칼렛 오하라 役)가 주연한 남북전쟁을 배경으로 한 대 서사시 〈바람과 함께 사라지다〉는 1957년 영화로 탄생했다.

어릴 적에는 이 영화에 그다지 감흥이 일지 않았었다. 그저 222분의 런닝타임이 지루할 따름이었다. 그러나 애틀랜타를 다녀오고 나서 다시 본 영화는 지루할 틈이 없었다.

절대 패배를 인정하지 않고 내일을 두려워하지 않으며 어떤 상황에서도 희망으로 가득 채우는 여주인공 스토리와 연출에서 전혀 진부함을 찾아볼 수 없었고 고전 명작의 위풍을 제대로 보여 준 영화였다.

주·조연의 대사, 스케일, 연출력 등 모두 역대 1위 영화답다.

남부의 할리우드라고 일컬어지는 조지아주는 이제 할리우드를 대신할 영화 촬영지로 주목받고 있다. 《타임지》에 따르면 조지아의 영화 산업은 2007년 9천 3백만 달러에서 2016년에는 20억 달러로 껑충 뛰었다.

지난 2019년 4월 미주한인문화재단 주최로 한국 영화 100주년 기념 영화음악콘서트가 애틀랜타 둘루스 인피니트 극장에서 개최되었다. 이 자리에선 우리나라의 〈말아톤(Malaton, 2005)〉, 〈나의 사랑 나의 신부(My Love, My Bride, 2014)〉 등 우수 영화음악이 선보였다.

7,130마일의 거리를 뛰어넘어 다시 한번 한류의 우수성을 입증하는 자리였다.

초등학생 때 같은 반 친구 중에 나와 동명인 친구가 있었다.

이름 때문에 친구들에게 자주 놀림을 받았지만 개명이 쉽지 않은 터라 스트레스가 심했다. 그 친구도 스트레스를 받는다며 날 만날 때마다 부모님께 말씀드려 이름을 바꾸라고 했다. 오랜 세월이 흐른 지금 새삼 그 친구의 삶이 궁금해진다.

덕스 벤틀리의 〈My Last Name〉을 다시 듣는다. 어릴 적 마냥 촌스럽게만 여겼던 내 이름. 지금의 나를 있게 한 이름 석 자를 생각하며 자부심을 가져 본다.

야구 시즌이 끝나고 외롭게 서 있는 애틀랜타 브레이브스 홈구장 터너 필드의 갈색 담장을 뒤로한 채 조지아를 떠나왔다.

* **덕스 밴틀리**(Dierks Bentley 1975. 11. 20, 애리조나 피닉스 출생)

- 2001년 싱글 앨범 《Don't Leave Me In Love》로 데뷔
- 2003년 내쉬빌 캐피털 레코드와 계약하며 본격 활동 시작
- 2018년 아홉 번째 앨범 《The Mountain》 발표
- 2009 CMT 뮤직 어워드 수상, 2018년 ACM(아카데미 뮤직 어워드) 수상 등
- 대표곡: 〈Every Mile a Memory〉, 〈Long Trip Alone〉, 〈I Hold On〉

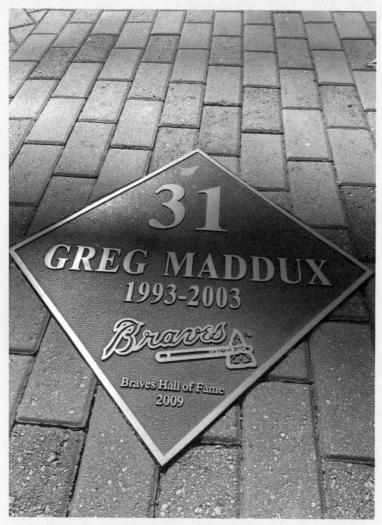

러너 필드에 새겨진 애틀랜타 브레이브스의 영웅 그렉 매덕스(Greg Maddux)의 동판,
2017년 애틀랜타에 새로운 야구장인 선트러스트 파크가 개장하면서 러너필드는
역사의 뒤안길로 사라지고 시민들의 추억의 장소로 자리매김하게 되었다

14.

조니 캐쉬와 엘비스 프레슬리 중에
누가 더 좋아?

●
○

내쉬빌을 출발하여 차타누가를 거쳐 테네시주 서쪽 끝 블루스의 본고장 멤피스에 다다랐다.

두 도시의 음악여행은 두 거장 조니 캐쉬(Johnny Cash)와 엘비스 프레슬리(Elvis Presely)의 자취를 쫓아 내 음악의 시작을 더듬고 싶은 생각에서 출발했다. 그들은 1970년대 후반 내가 처음 팝송을 접했을 때 알게 된 가수들이었기 때문이다.

내쉬빌과 멤피스는 테네시주에 위치한 최대의 음악도시라는 데 맥을 같이하지만 음악적 색깔은 전혀 다른 도시이다. 내쉬빌은 백인을 기반으로 한 컨트리 음악도시인 반면 멤피스는 흑인들의 애환을 그린 블루스 음악도시이기 때문이다.

인구 65만 명의 멤피스(Memphis)는 7개 구역으로 형성된 빌 스트리트

영화 〈앙코르(Walk The Line)〉

(Beale Street)와 엘비스 프레슬리의 저택과 묘지가 있는 그레이스 랜드 (Grace Land), 그리고 추칼리사 인디언 박물관으로 유명한 도시다.

세계 최대의 목화 생산지로 매년 5월 목화 축제를 개최하기도 하며 가축 및 농산물의 집산지로도 유명하다.

운수 유통회사인 페덱스(FedEx)와 자동차 부품 판매 회사인 오토존 (Autozone)의 본사도 멤피스에 있다.

무엇보다 엘비스 프레슬리와 저스틴 팀버레이크(Justin Timberlake)의 출생지가 멤피스다.

역사적인 선 스튜디오(Sun Studio) 건물 앞에서 내가 태어나기도 전에 발표한 조니 캐쉬의 〈Ring of fire〉(1963)를 만난다.

읊조리는 듯한 그의 굵은 음성에서 부드러운 카리스마가 느껴진다.

love is a burning thing

and it makes a fiery ring

bound by wild desire

I fell in to a ring of fire

I fell into a burning ring of fire

I went down, down, down

and the flames went higher

And it burns, burns, burns

사랑은 불타는 것

그리고 사랑은 불타는 고리를 만듭니다

거친 욕망에 묶인 채

나는 불의 고리 속으로 빠져듭니다

불타는 불의 고리 속으로 빠져

저 아래, 아래, 아래로 헤어날 수 없습니다

그러다 불길이 솟아오르고

타고, 타고, 또 타오릅니다

미국 아칸소주에서 태어난 조니 캐쉬(1932~2003)는 1954년 멤피스로

조니 캐쉬(Johnny Cash)

이주하면서 엘비스 프레슬리가 소속되어 있던 선 레코즈(Sun Records)
를 통해 가수 활동을 시작한다.

1957년 〈Johnny Cash With His Hot And Blue Guitar〉를 시작으로 수많
은 히트곡과 함께 컨트리 음악의 대중화에 앞장섰으며 17개의 영화에
도 직접 출연했다.

1977년 내쉬빌 송라이터스 명예의 전당(Nashville Songwriters Hall Of
Fame), 1980년 컨트리 음악 명예의 전당(Country Music Hall Of Fame),
그리고 1992년 로큰롤 명예의 전당(Rock And Roll Hall Of Fame)에 헌
액될 만큼 모든 장르에 선구자적 역할을 한 가수다.

또한 제41회 그래미 어워드(1999)에서 '평생공로상'을, 2001년 백악관에
서 수여하는 '국가예술상(National Medal Of Arts)'을 수상하기도 했다.

아버지의 음악적 유전자를 물려받은 딸 로잔느 캐쉬(Rosanne Cash) 역
시 컨트리 가수로 활약하며 1985년 그래미 어워드 최우수 컨트리 보컬

상을 수상하기도 했다. 조니 캐쉬와 그의 아내 준 카터 캐쉬는 2003년 같은 해 세상을 떠났다.

엘비스 프레슬리와 동시대에 엄청난 인기를 누렸음에도 국내에서는 컨트리 장르라는 이유로 저평가 된 것이 안타까웠다.

제임스 맨골드 감독의 영화 〈앙코르(Walk The Line, 2006)〉의 원제는 'Walk The Line'이다.

이 영화는 전설적인 컨트리 가수 조니 캐쉬와 그의 부인 준 카터 캐시의 실제 이야기이며 호아킨 피닉스와 리즈 위더스푼이 각각 역할을 맡았다. 'Walk The Line'은 조니 캐쉬의 노래 제목에서 붙여졌다.

영화는 1968년 폴섬 교도소를 비롯한 재소자들을 위한 공연 실황으로 시작된다.

어린 시절부터 노래를 좋아했던 조니 캐쉬는 조그만 레코드 회사에서 처음으로 자신의 앨범을 낸 뒤 일약 미국 소녀들의 우상으로 떠오르며 스타가 된다.

30대에 이미 비틀즈를 능가하는 인기를 누리고 음악적 천재성과 열정을 지녔지만 그토록 의지하던 형이 사고로 죽은 후 약물 중독에 빠지게 된다. 늘 외로움과 반항심으로 무기력해질 무렵 그를 구원하는 카터 캐쉬를 만난다.

이 영화는 북미 관객이 사랑한 역대 뮤지션 전기 영화 1위를 차지했으며 2006년 아카데미 5개 부분 노미네이트와 함께 리즈 위더스푼을 여우주연상의 반열에 올려놓는다.

멤피스에 위치한 비비 킹과 엘리스 프레슬리의 웰컴 센터

한적한 곳에 위치한 삼각형 모양의 붉은 벽돌로 지어진 자그마한 선 스튜디오에 들렀다.

건물 입구에 걸려 있는 아이보리색 기타 조형물이 눈길을 끈다.

이곳은 엘비스가 4달러에 최초로 로큰롤 음반을 녹음한 미국의 대중음악이 시작된 역사적인 건물이다. 1950년대 턴테이블에선 흑백의 사진들과 함께 시간을 거꾸로 돌려놓으며 돌아가고 있었다.

엘비스의 체취를 조금이나마 느껴 보기 위해 그의 얼굴이 그려진 기념 티셔츠를 사서 나왔다.

미시시피강이 도심를 감싸며 아름답게 흘러간다. 서부 개척시대의 전통 모습을 간직한 베이지색 건물에선 연신 끈적끈적한 블루스 리듬을 쏟아 낸다.

고대 이집트의 지명을 딴 도시답게 피라미드 모양의 쇼핑센터 건물이 눈에 들어온다.

엘비스의 저택과 묘지가 있는 관광지 그레이스 랜드(Grace Land)에선 그의 일생을 고스란히 재현하고 있다. 해마다 65만 명이 엘비스를 추모하며 그의 향수를 느끼기 위해 이곳 그레이스 랜드를 찾는다. 미국 내 백악관 다음으로 많이 찾는 장소라고 한다.

엘비스가 공연을 위해 타고 다닌 비행기 안에서 엘비스 체험을 해 본다. 엘비스의 음악적 열정이 곳곳에 살아 있는 느낌이다.

정적인 블루스 시대인 1950년대 록큰롤의 등장은 음악사의 대변혁이었다.

흑인 음악인 리듬 앤 블루스(Rhythm and Blues)를 백인의 것으로 소화한 로큰롤(Rock 'n' Roll)을 들고 나와 TV에서 오두방정을 떨어 대던 청년 엘비스 프레슬리와 이에 열광하는 어린 자녀들을 혀를 차면서 바라보는 모습은 세대 간의 간극이었다. 나의 10대 중반, 팝송의 시작은 그 세대가 그러하듯 엘비스 프레슬리였다. 라디오를 통해 전해지는 엘비스의 중저음 벨벳 사운드에 잠 못 이루며 설레던 엘비스 사춘기였다.

록큰롤의 황제 엘비스 프레슬리는 마치 멤피스의 혈관과도 같다.

1977년 42세의 젊은 나이에 생을 마감했지만 여전히 멤피스 구석구석에는 블루스의 진한 향기가 배어 있다.

멤피스의 명물 트롤리(Trolly)

멤피스의 마지막 여정은 멤피스의 명물 트롤리(Trolly)를 타고 도시를 돌아본다. 미시시피강을 따라 자연과 조화를 이룬 건물들이 이국적인 풍광을 자아내고, 정거장마다 설치된 스피커에서 흐르는 컨트리와 블루스가 음악도시에 온 것을 상기시킨다. 흑인 인권운동가 마틴 루터 킹이 살해된 로레인 모텔 앞에 서자 숙연해진다.

트롤리에선 "누군가를 충분히 사랑한다면 당신은 어디든 따라가야 해. 그래서 멤피스로 왔어."라는 가사를 담은 탐티 홀(Tom T Hall)의

〈That's How I Got To Memphis〉(1969)가 흘러나온다.

다운타운의 한 식당에서 저녁 식사 중에 일행인 후배가 묻는다.

"컨맨은 조니 캐쉬와 엘비스 프레슬리 중에 누가 더 좋아요?"

"응, 둘 다 좋지."

그러자 후배가 피식 웃으며 말한다.

"그래도 조니 캐쉬겠죠? 컨트리 가수잖아요."

'그런가?'

어쨌든 내 음악적 삶을 풍요롭게 만든 두 가수에 경의를 표하며, 깊어 가는 멤피스의 밤을 엘비스의 명곡 〈Are You Lonesome Tonight?〉(1960)으로 달래 본다.

'Are you lonesome tonight, Do you miss me tonight?'

＊**로잔느 캐쉬**(Rosanne Cash, 1955. 5. 24, 미국 태네시주 멤피스 출생)

- 1978년 1집 앨범 《Rosanne Cash》로 데뷔
- 2015년 제57회 그래미 어워드 아메리칸 루츠 노래상
- 2015년 제57회 그래미 어워드 아메리카나 앨범상
- 2010년 브루스 스프링스턴과 부른 듀엣곡 〈Sea Of Heartbreak〉이 best pop collaboration with vocal 노미네이트됨
- 대표곡: 〈Runaway Train〉, 〈I Don't Know Why You Don't Want Me〉, 〈A Feather's Not A Bird〉

멤피스의 선 스튜디오(Sun Studid)

15.

아직도 잠 못 이루는
시애틀의 밤

●

○

미국의 북서쪽 끝 워싱턴주의 타코마 국제공항에서 내려 북쪽으로 길게 늘어선 5번 고속도로를 따라 시애틀 시내를 향한다.

워싱턴주 최대의 항구도시이자 바다와 산, 강이 조화를 이룬 인구 70만 명의 아름답고 깨끗한 도시가 시애틀이다.

백인의 인구 분포가 높고 아마존, 마이크로소프트, 닌텐도 등 첨단 기업의 본사가 위치해 있으며 자연재해가 없는 지중해성 기후로 해마다 미국 내 살기 좋은 도시에 뽑히는 곳이기도 하다.[6]

---

6) 시애틀은 월렛허브(WalletHub)가 의료, 운동, 음식, 녹지 등 4개 부분을 기준으로 평가한 미국 내 건강한 도시 순위에서 샌프란시스코에 이어 2위를 차지했으며, 스마트엣셋닷컴이 인구조사를 근거로 발표한 자료에서 밀레니엄 세대(20~34세)의 젊은이들이 가장 많이 이주한 도시이기도 하다.

시애틀 스페이스 니들(Space Needle)

전설의 록 기타리스트 지미 헨드릭스와 너바나, 펄잼의 채취가 배어 있는 곳.

서부 해안의 샌프란시스코와 로스앤젤레스애 비해 고급스러운 느낌의 도시다.

차창 밖으로 만년설로 덮힌 4,392m의 마운틴 레이니어(Mt. Rainier)가 흰 머리를 드러내며 자태를 뽐내고 머리 위에선 보잉사의 수많은 비행기들이 격납고를 박차고 연신 뜨고 내리기를 반복하고 있다.

우주 정거장 모양의 스페이스 니들 전망대에 오르니 투명유리 밖으로 시애틀 전경이 아름답게 펼쳐진다.

여기선 어디가 바다고 어디가 강인지를 가늠할 수 없다. 실제 강과 바다 간 8m의 수면차를 이용해 수중보를 설치 운영한다고 한다.

시애틀 시내로 들어서면서 영화 〈시애틀의 잠 못 이루는 밤(Sleepless

In Seattle, 1993)〉을 떠올리며, 태미 와이넷(Tammy Wynette, 1942~ 1988)*의 영화 타이틀곡 〈Stand By Your Man〉(1968)을 듣는다.

Sometimes it's hard to be a woman

Giving all your love to just one man

You'll have bad times and he'll have good times

Doin' things that you don't understand

But if you love him you'll forgive him

Even though he's hard to understand

And if you love him oh be proud of him

Cause after all he's just a man

Stand by your man

Give him two arms to cling to

And something warm to come to

When nights are cold and lonely Stand by your man

And show the world you love him

Keep giving all the love you can Stand by your man

때론, 여자가 된다는 것은 쉽지 않아요

한 남자에게 당신의 모든 사랑을 다 줘야 하죠

당신에겐 힘든 순간들이 있을 거고 그는 좋은 순간들을 가지

게 될 거예요 당신은 이해하지 못할 일들을 하면서 말이죠

하지만 당신이 그를 사랑한다면 그를 용서하겠죠

비록 그가 이해하기 힘든 사람이라 해도 말이죠

당신이 그를 사랑한다면 자랑스러워해 주세요

어쨌든 그도 그저 한 남자일 뿐이니까요

그 남자 옆에 있어 주세요

그가 당신에게 안길 수 있게 두 팔을 내 주세요

그리고 그가 다가올 수 있게 따뜻한 품을 내 주세요

밤이 춥고, 외로울 때 그 남자 옆에 있어 주세요

그리고 당신이 그를 사랑한다는 것을 온 세상에 보여 주세요

당신이 줄 수 있는 모든 사랑을 다 내어 주세요

미국인들이 가장 좋아하는 컨트리 곡 중 하나인 이 곡은 1960년대 말 미국에서 일었던 페미니즘 때 남자에 예속된 여성이라는 노래로 패미니스트들로부터 공격을 받았다.

특히, 1992년 정치 프로그램에서 힐러리 클린턴이 남편 빌 클린턴의 주지사 시절 외도에 대해 그의 곁을 떠나지 않은 것은 "태미의 〈Stand By Your Man〉에 나오는 그런 여성이기 때문이 아니라 빌을 사랑하고 존경하기 때문."이라는 발언을 해 태미의 팬들로부터 공격을 받기도

태미 와이넷
(Tammy Wynette,
1942~1998)

했다.

2012년 고인이 된 노라 에프론(Nora Ephron) 감독의 〈시애틀의 잠 못 이루는 밤〉은 로맨틱 코미디의 대표적 작품이다.

부인을 잃고 아들과 살고 있는 톰 행크스(샘 役). 우연히 라디오를 통해 아빠가 외롭다는 아들 조나의 사연을 접한 맥 라이언(애니 役). 이들은 미국의 가장 먼 시공간인 서부 끝 시애틀과 동부 끝 볼티모어를 뛰어넘는 사랑에 빠진다.

1980년대의 스타 맥 라이언(Meg Ryan)과 톰 행크스(Tom Hanks)를 이어 주는 결정적 매개체는 '라디오'다.

크리스마스이브에 단 한 번의 라디오 사연으로 운명적인 사랑에 빠지는 과정을 그렸다. 운명의 틀 안에서 미국식 정서와 감성을 독특하게 드러낸 영화다.

〈만추(晚秋, 2011)〉 역시 시애틀을 배경으로 한 탕웨이, 현빈 주연의 영화다.

영화의 소재로 '안개'와 '감옥'을 택했다.

지독하게 외롭고 우울함이 가득한 애나의 먹먹하고도 아름다운 사랑을 안개로 모자이크 처리한 느낌이다.

시애틀행 버스, 애나의 눈빛과 목소리에서 애처럽고 애뜻함이 느껴진다.

"여러분들이 햇살을 가져왔나 봐요."라는 유람선 안 대사가 슬픔을 더해 준다.

헛헛한 마음을 달래 주는 커피 한잔이 생각나는 영화다.

영화 〈만추(Late Autumn)〉

1907년에 개장해 110년이 넘은 역사를 자랑하는 파이크 플레이스 마켓 (Pike Place Market)에는 해산물의 싱그러움과 농산물의 풍요가 넘친다.

시애틀시는 첨단도시의 이미지와 별개로 6차 산업도 특화된 도시다.

6차 산업이란 농업의 1차 산업과 제조·가공의 2차 산업, 그리고 유통 서비스 관광 등 3차 산업을 융·복합한 말로 농업의 새로운 부가가치 창 출 모델이다.

시애틀시는 P-패치 프로그램(우리나라의 주말농장과 같은 방식)을 운 영한다.

도시의 빈 공터를 활용한 커뮤니티 가든을 60개 구역에 2,500여 개나 운영하여 안전한 먹거리와 지역 공동체를 형성한다.

실로 어마어마한 규모다.

여기서 생산되는 유기농 과일은 파이크 플레이스 마켓을 통해 유통된다. 워싱턴주의 대표 특산물인 사과와 싱싱한 해산물을 연중 맛볼 수 있다. 시애틀을 특징짓는 가장 명료한 단어는 '커피'이다.

사시사철 안개와 비에 덮여 있는 스산한 날씨와 IT 직업군 등 꽤나 지적인 인구 구성, 국경 너머 밴쿠버와의 교류 등이 이 도시의 막대한 커피 소비량을 만들어 냈다고 한다.

파이크 플레이스 안에 자리한 스타벅스 1호점(since 1912)을 찾았다. 줄을 서서 기다리다 매장 앞에서 기타를 들고 노래하는 한 흑인에게 2달러짜리 지폐를 건네니 윙크로 화답한다.

기념 텀블러와 커피를 들고 나와 공원 벤치에 앉아 시애틀의 명물이 된 진한 아메리카노를 우아하게 음미한다.

입안에 감도는 커피 향기가 거리 곳곳으로 스며들어 도시가 온통 갈색 커피향으로 뒤덮인 느낌이다.

갑자기 은빛 건물의 센트럴 라이브러리(Seattle Central Library)에서 책을 읽고 싶은 충동이 느껴진다.

먼 발치에서 일본 출신 프로야구 스타 스즈키 이치로의 활약 무대였던 세이프코 필드(Safeco Field)의 진회색 스타디움이 한눈에 들어온다.

핸드폰을 꺼내 평소 즐겨 듣는 미국 라디오 방송 〈99.9 the wolf〉에 채

널을 맞춘다.

1980년대 나의 단짝은 라디오였다. 막막한 시골에서 자발적 고립 중후군 환자처럼 혼자 있는 것을 좋아한 성격 탓이기도 했지만 그 당시 유행하던 노래를 라디오를 통해 듣는다는 것은 시공간을 초월한 신비로운 우주에 있는 느낌이었다.

방송국에 그럴듯한 사연과 함께 신청곡도 적고 예쁘게 그린 그림 엽서도 보냈다.

엽서가 소개될 때의 기쁨이란 말로 표현하기 어렵다. 시골 버스 안에서 주변 마을 학생들이 내 신청곡이 방송에 나왔다는 말을 들으면 기분이 좋았다.

라디오의 가장 큰 메리트는 다른 일을 동시에 할 수 있다는 점이다.

일부러 집중할 필요가 없는 자유로움이다.

익명으로 고민도 털어놓고 다른 사람과 음악을 공감하고 소설을 읽는 것처럼 무한한 상상의 바다에 빠져드는 영화와는 또 다른 매력이 라디오다.

따져 보니 내 인생 절반 이상의 시간을 라디오와 함께 지낸 것 같다.

오랜 세월 나를 지켜 줬던 라디오는 세월을 연결해 주는 고마운 매개체임이 틀림없다. 세월이 흘렀어도 음악은 그대로다.

하루 일정을 마치고 호텔방 침대에 누워 헤드폰을 쓰고 태미 와이넷과 마크 그레이(Mark Gray)의 듀엣곡 〈Sometimes When We Tough〉 (1985)를 듣는다.

You ask me if I love you

And I choke on my reply

I'd rather hurt you honestly

Than mislead you with a lie

And who am I to judge you

In what you say or do

I'm only just beginning

To see the real you

And sometimes when we touch

The honesty's too much

And I have to close my eyes and hide

I want to hold you till I die

Till we both break down and cry

I want to hold you till the fear in me subsides

나를 사랑하느냐는 당신의 질문에

난 섣부르게 대답하진 않죠

거짓말로 오해를 만들어 내는 것보단

차라리 힘들더라도 솔직한 것이 좋겠어요

그리고 감히 제가 어떻게

당신의 행동과 말로 당신을 판단하겠어요

나 이제 겨우 당신의 진짜 모습을

알아가고 있는 중인걸요

가끔 우리의 손길이 닿을 때마다

내 안의 감정은 너무나 솔직해져요

그래서 난 눈을 감고 그 감정을 숨겨야만 하죠

죽는 날까지 당신을 잡고 싶어요

우리가 감정에 복받쳐 눈물 흘릴 때까지

내 안에 있는 이 두려움들이 없어질 때까지

이토록 진실하고 애절한 사랑을 품은 가사가 또 있을까?

세 번의 이혼을 겪고 고속도로에 벌거벗겨진 채로 버려졌던 태미 와이넷의 기구한 삶.

그녀의 노래인 〈D-I-V-O-R-C-E〉(1968), 〈Apartment #9〉(1966)에는 그녀의 삶이 투영돼 있다.

미시시피 트레몬트에서 태어나 테네시주 내쉬빌에서 짧은 생을 마감하기까지 파란만장했던 그녀의 바이오그래피(Biography)를 읽는다.

사랑받고 싶었던 한 여자의 심정이 이 노래들에 담겨 있지 않나 생각해 본다.

시계를 보니 9시가 훌쩍 넘었는데도 밖엔 해가 지지 않는다.

모자이크 퍼즐을 맞춰 가듯 건물의 조명들이 하나둘씩 켜지며 도시의 화려한 야경을 만들어 간다.

오늘 밤은 잠을 이루기가 다 틀린 것 같다.

＊**태미 와이넷**(Virginia Wynette Pugh, 1942. 5. 5.~1998. 4. 6, 미시시피 출생)

- 위키피디아 소개 글 : 'one of country music's best - known artists and biggest selling female singers'
- 1967년 1집 앨범 《My Elusive Dreams》 데뷔
- 1967년, 1969년 그래미 어워드 최우수 여성 컨트리 보컬 공연상
- 1988년 컨트리 음악 명예의 전당 헌액
- 대표곡: 〈Stand By Your Man〉, 〈Run Woman Run〉, 〈Til I Can Make It on My Own〉

시애틀시 메이시스(macy's) 매장, 깔끔한 외장이 눈에 뜬다

16.

트랜스포머의 도시,
시카고

●

○

아이오와 디모인에서 3시간을 차로 달리자 '링컨의 고장 일리노이주에 오신 것을 환영합니다.'라는 표지판이 보이기 시작했다. 설렘을 안고 다운타운에 진입하자 미시간 호수를 끼고 펼쳐진 직육면체의 윌리스 타워(Willis Tower, 110층 527m)가 눈에 먼저 들어온다.

난 그랜트 공원의 한 카페에 앉아 1969년 결성된 7인조 록그룹 시카고* 의 올드팝 〈Hard To Say I'm Sorry〉(1982)를 듣는다.

헤드폰의 리듬에 따라 고개를 살며시 좌우로 흔든다.

잔잔하게 시작하는 피아노 선율과 피터 세트라(Peter Cetera)의 벨벳 같이 감미로운 목소리가 사춘기 소년의 설렘으로 이끈다.

내가 중학생 때 발표된 이 곡은 내 인생에 있어 가장 많이 들었던 소프트 팝이 아닌가 싶다.

시카고강에서 바라본 전경

'After all that we've been through…' 사랑하는 연인을 떠나보내지 않
으려는 애틋함이 전해진다.

> Everybody needs a little time away
>
> I heard her say from each other
>
> Even lover's need a holiday far away from each other
>
> Hold me now
>
> It's hard for me to say I'm sorry
>
> I just want you to stay
>
> After all that we've been through

I will make it up to you I promise to

And after all that's been said and done

You're just the part of me

I can't let go

누구나 각자의 시간이 필요하다고 그녀는 얘기했지요

사랑하는 연인들도 휴식이 필요하다고

서로가 멀리 떨어져 있는 시간도

나를 안아 주세요

미안하다는 말은 정말 하기 힘들어요

당신이 머물러 있기를 바라요

우리가 함께 겪어 온 모든 것 그보다 더욱 당신을 사랑하겠
어요

당신은 나의 일부에요

당신을 결코 보낼 수 없어요

춥다.

10월 초순임에도 북위 41도에서 부는 차가운 바람은 왜 시카고가 '윈디 시티(Windy City)'라 불리는지를 가늠케 한다. 2019년 1월 체감 기온이 영하 50도까지 떨어지는 기록적 한파에 일리노이 주지사는 주 전역을 특별 재난지역으로 선포했다.

바람과 기온에 기인한 냉각효과를 소재로 한 영화 〈윈드 칠(Wind Chill, 2007)〉을 떠올리게 하는 도시이다.

시카고는 1871년 10월에 일어난 27시간의 대화재로 목조건물로 이뤄진 시의 대부분이 파괴되었던 아픈 역사를 지니고 있다.

이 아픔을 이겨 내고 재설계를 통해 도시의 재건에 성공했다.

건축의 도시라는 명성처럼 최첨단의 디자인과 자연의 조화를 이룬 도시계획의 산물들이 여기저기서 빼어난 자태를 이루고 있다.

시어스 타워(Sears Tower, 443m)의 위용은 연신 감탄을 자아내고 북미 최고의 박람회장인 맥코믹 플레이스(Mccomrmic Place)와 푸르덴셜 빌딩의 야경 그리고 시내 중앙을 시원하게 적셔 주는 버킹엄 분수는 시카고여행의 필수 코스로 자리하고 있다.

청사 앞에 세워진 미술가 파블로 피카소의 강철제로 만든 거대한 조각

〈트랜스포머 3〉 촬영 중인 마이클 베이 감독(가운데)

품을 보며 영화 트랜스포머의 변신을 생각한다.

화려한 건축의 도시 시카고는 SF 영화의 최적지다.

마이클 베이 감독의 〈트랜스포머 3(Transformer: Dark of the moon, 2011)〉에서는 도심 한복판에서 오토봇과 디셉티콘의 최후의 전쟁이 실제 건물에서 벌어지며, 샘 레이미 감독의 〈스파이더맨 2(Spider - Man 2, 2004)〉에서는 스파이더 맨과 닥터 옥토퍼스의 L트레인에서의 대결이 펼쳐진다.

크리스토퍼 놀란 감독의 〈다크나이트(The Dark Knight, 2008)〉에서는 어둠의 기사 베트맨과 절대 악 조커의 운명을 건 마지막 결투가 도심에서 벌어진다.

이 영화를 계기로 다크나이트 투어가 생겨나기도 했다.

가장 미국적인 도시로 일컫는 시카고는 드라마적 요소를 담기에도 충분한 로맨틱한 도시다.

마크 윌리엄스 감독의 〈타임투게더(A Family Man, 2016)〉는 시카고 빌딩숲과 조화를 이룬 가을 하늘을 필름에 담았다.

이 영화에서 배우 제임스 버틀러(Gerard Butler)는 루커리, 리글리, 트리뷴 빌딩 등 시카고의 랜드마크를 배경으로 가족의 소중함을 일깨우는 휴먼 드라마를 안방에 전달한다.

톡톡 튀는 코미디언 제니퍼 애니스톤 주연의 영화 〈브레이크업 - 이별 후애(The Break-Up, 2006)〉에서는 시카고의 알콩달콩한 로맨틱 코미디를 보여 주고, 엠마뉴엘 크리퀴와 애드리언 브로디 주연의 뮤지컬 영화 〈캐딜락 레코드(Cadillac Records, 2008)〉에서는 1950~1960년대 블루스 향기가 가득한 시카고의 모습이 그려진다.

영화 〈라스트 미션(The Mule)〉

2019년 국내 개봉한 영화 〈라스트 미션(The Mule, 2019)〉은 최고령 마약운반책인 레오 샤프의 실제 이야기를 바탕으로 평생 가족에게 잘못만 저질렀던 어느 가장의 후회와 마지막 인생의 선택을 그린 휴먼 드라마다.

자신도 모르는 코카인 운반을 위해 클린트 이스트우드는 텍사스주 앨파소에서 일리노이주 시카고까지 장거리 운전을 반복한다.

2008년 78세의 나이로 영화 〈그랜 토리노(Gran Torino, 2008)〉에서 감독·주연을 맡아 혼신의 열연을 다했던 그가 또다시 10년의 세월을 넘어 가족의 소중함을 일깨우기 위해 새로운 도전을 한 셈이다.

2000년 초반 한때 컨트리 여가수 레베카 린 하워드(Rebecca Lynn Harward)의 매력에 빠진 적이 있다. 1979년 켄터키 태생의 그녀는 푸른 눈을 가진 전형적인 서구의 이목구비와 파워풀한 보이스로 재능을 뽐냈지만 미니앨범 포함 3개의 앨범과 몇 개의 히트곡만을 남긴 반짝 스타가 되었다.[7]

레베카 린 하워드
(Rebecca Lynn Howard)

나는 당시 그녀의 노래 〈That's Why I Hate Pontiacs〉(2005)를 들으며 시카고의 작은 도시 폰티악을 가고 싶다는 생각을 했다.

사실 노래에서의 폰티악은 도시 이름이 아니라 시카고에서 1960년대 번영을 누렸던 제너럴 모터스사의 자동차 브랜드였다.

난 지금 폰티악(Pontiac)에 와 있다. 폰티악의 사전적 의미는 다양하다. 인디언의 추장이던 폰티악(1720~1769)과 1926년 처음 나온 GM자동차의 럭셔리 브랜드 이름 이외에도 미시간주, 인디애나주, 미주리주 등 여

---

7) 그녀의 컨트리 뮤직 차트 Peak Positions을 보면 2002년 발표한 〈Forgive〉가 12위 랭크, 같은 해 짐 브릭만과 듀엣으로 발표한 〈Simple Thing〉이 1위에 오르기도 했다.

러 도시 이름이 폰티악이다.

지금 내가 서 있는 이곳은 바로 미국 최초의 고속도로인 루트 66의 시작점이다.

여기서 출발하여 산타모니카로 이어지는 루트 66의 모태 기념관에는 수많은 인파가 모여 과거를 재현하며 향수를 찾는다.

이 시작점에서 어떤 사람은 자신이 택한 길을 되돌아보고, 어떤 사람은 로버트 프로스트의 시처럼 '가지 않은 길'을 후회하고 있을지도 모른다. 또 어떤 사람은 새롭게 시작하는 인생을 수없이 다짐하며 서 있다.

시카고에 머무르는 동안 내 음악적 삶을 회고하는 값진 시간을 보냈다. 희노애락을 함께한 노래의 삶은 무엇과도 바꿀 수 없는 최고의 보물들이다.

이제 시카고에서의 모든 것들이 점점 희미해져 간다.

한때 영광을 누린 '가난한 자의 BMW'라 일컬어지던 폰티악의 명성과, 하루가 다르게 높아지는 세계의 빌딩 앞에 선 시어스 타어의 위용도, 철도로 기적을 이룬 뉴욕 다음가는 도시 '세컨드 시티'의 위상도 사라진 지 오래다.

하지만 시카고 컵스 홈구장인 리글리 필드의 담쟁이 넝쿨이 백 년 넘도록 영원하듯, 170년 역사를 지닌 《시카고트리뷴》 신문이 중서부 지방을 매일같이 대변하듯, 시카고 팝콘과 시카고 피자의 맛이 변함없듯, 시카고를 향한 내 마음속의 향수는 더 깊어져만 간다.

떠나오는 길….

그룹 시카고의 해체 소식에 마음 아파하며 들었던 그들의 노래 〈If you leave me now〉(1976)를 들으며 그 오랜 세월을 마음속 책장에 옮겨 놓는다.

＊그룹 시카고(Chicago)

- 피터 세트라를 중심으로 1967년 미국 일리노이주 시카고에서 7인으로 결성된 미국의 록 밴드
- 1969년 《The Chicago Transit Authority》로 데뷔
- 1982년 《Chicago 16》을 발표하여 전성기를 누림
- 1984년 《Chicago 17》, 1986년에는 《Chicago 18》로 빌보드 차트 2위
- 대표곡: 〈Hard To Say I Am Sorry〉, 〈Will You Still Love Me?〉, 〈You Are The Inspiration〉

1960년대 인기를 누렸던 폰티악(Pontiac)

17.

옥수수밭에서 태어난
영화 ‘인터스텔라’

●

○

시카고에서 출발하여 4시간 거리의 아이오아주 윈터세트를 향해 달린
다.
짙은 회색의 하늘이 이불처럼 드넓은 평야를 덮고 있다.
톡 건드리면 금방이라도 쏟아질 것 같은 눈물을 머금고 있다.
시야에 들어오는 것은 옥수수밭과 잿빛 하늘 뿐, 운전 중에 스쳐 가는
픽업트럭조차도 반갑다.

황량한 바람을 가르며 미중부의 이름을 딴 그룹 켄사스(Kansas)*의
〈Dust in the wind〉(1977)를 듣는다. 어쿠스틱 기타의 감미로운 선율이
가사의 심오함을 더해 준다.

아이오와(Iowa) 풍경

I close my eyes only for the moment and the moment's gone

All my dreams pass before

My eyes a curiosity Dust in the wind

All they are is dust in the wind

Same old song

Just a drop of water in an endless sea

All we do crumbles to the ground

though we refuse to see

Dust in the wind

All we are is dust in the wind

잠시 동안 눈을 감으면 그 순간은 지나가 버립니다

내 모든 꿈이 눈앞에서 지나가 버립니다

호기심도 바람 속의 티끌,

모든 것이 오래된 노래처럼 바람에 날리는 티끌입니다

끝없는 바다 속에 작은 물방울 하나

우리의 모든 일들은 비록 우리가 원치 않는다 해도

흙으로 사라지고 맙니다

우리의 존재는 먼지와 같습니다

세상만사가 먼지와 같습니다

미중부하면 떠오르는 단어가 '옥수수'이다.

미 대륙이 원산지인 'Corn'의 사전적 의미가 '곡식'이듯 옥수수는 이민 초기 미국인들의 생명줄과도 같은 상징적 존재다.

인디아나, 아이오와, 켄사스 등 대평원을 중심으로 전 세계의 43%를 생산하며 옥수수를 원료로한 '바이오 에탄올 연료'는 미중무역전쟁, 주지사 선거 등 정치에도 큰 영향을 미친다.

시카고 상품거래소(CBOT)의 옥수수 선물 가격이 매일매일 매겨지고 각 가정의 식탁엔 옥수수를 재료로 한 음식이 차려진다.[8]

팝콘의 고향 네브라스카에는 미국인이 사랑하는 간식인 팝콘이 튀겨지

---

8) 2019년에는 중서부의 기후문제로 옥수수 파종시기가 늦어지자 옥수수 가격이 폭등하기도 했다.

고, 와이오밍의 목장에는 연일 수십만 톤의 사료가 가축에게 제공된다.

이 역사적인 옥수수가 한때 '피고'가 된 적이 있었다. 옥수수는 원래 아스텍의 야생식물이었으나 인디언들에 의해 미국에 전해진 옥수수를 살인죄로 고발한다는 것이었다. 1906년부터 1950년까지 복통과 치매 증상 등으로 10만 명의 목숨을 앗아간 펠라그라의 주범이었기 때문이다.

아이오와 옥수수 농장

난 어릴 적부터 옥수수가 좋았다.

하루가 다르게 쑥쑥 커 가는 모습과 옥수숫대의 단맛이 신기했다.

내 키보다 높다란 옥수숫대 사이를 미꾸라지처럼 요리조리 빠져나가며 미로 찾기 게임을 했고 늦여름 수확을 끝낸 옥수수 더미에 누워 하늘을 바라보며 먼 우주를 여행하는 상상을 하기도 했다.

여름 휴가철에 친척이 사는 제천과 태백에 올라갈 때마다 국도변에서 판매하는 찐 옥수수를 사 먹는 것도 흥밋거리였다. 영화광이 된 지금은 영화관에서 먹는 달달한 팝콘으로 어릴 적 추억을 대신하곤 한다.

옥수수밭을 배경으로 한 영화도 좋다.

영화 〈메디슨 카운티의 다리(The Bridges of Madison County, 1995)〉에서 메릴 스트립은 고독했다.

시카고 만국박람회에 가려고 가족들이 떠나자 홀로 남은 빈자리엔 무서움보다 외로움이 컸다.

끝이 보이지 않게 사방으로 펼쳐진 옥수수밭은 그녀를 더욱 고립시킨다.

목덜미를 타고 흘러내리는 땀을 닦아 내는 손끝에 진한 외로움이 드러난다.

그 외로운 빈자리를 한 번의 일면식도 없는 한 남자가 비집고 들어온다.

어느 작가는 이 영화를 '의도적 왜곡'이란 표현을 썼다.

너무 외로워서 외도를 하지만 죄의식을 발견할 수 없는 의도적 왜곡이다.

난 지금 아이오와 윈터세트의 메디슨 카운티의 다리 위에 서 있다.

떠나기 전 상상했던 것보다 보잘것없는(?) 작고 평범한 다리에 실망했지만 소설과 영화의 상징성을 떠올리며 애써 위로했다.

80D 캐논 카메라로 클린트 이스트우드의 흉내를 내며 사진작가가 된다.

메디슨 카운티의 다리(Roseman Covered Bridge)

천만 관객의 외화 〈인터스텔라(Interstellar, 2014)〉의 성공 요인은 양자
역학이란 과학적 고증에 휴머니즘을 더한 것이다.

행성에서의 1시간이 지구에서의 7년인 시공 속에 갇힌 매튜 맥커너히
는 자신의 나이만큼 자란 딸을 영상으로 보면서 눈물을 흘리는데 그의
슬픔이 나에게도 고스란히 전해진다.

끝없이 펼쳐진 옥수수밭이 배경이라서 더욱 외롭다.

이 영화에서 지구의 마지막 보루인 식량난 고갈을 30만 평의 옥수수밭
을 태우는 실제 장면으로 표현했다.

나이트 샤말란 감독, 멜 깁슨 주연의 〈싸인(Signs, 2002)〉은 미스테리
스릴러이다. 옥수수 농장에 원과 선으로 된 복잡한 패턴의 미스테리 서

클(Mystery Circle)을 발단으로 영화가 시작된다.

미스테리를 풀어 가는 과정에서 외계 생명체를 만나게 되고 그 신비로움을 옥수수밭 속에서 엮어 나간다.

미스테리 영화의 참맛을 느끼게 하는 영화다.

케빈 코스트너 주연 〈꿈의 구장(Field of Dreams, 1989)〉은 아이오와에서 옥수수밭을 일구며 평범하게 살아가는 주인공의 이야기다.

'야구장을 만들면 그가 온다.'라는 계시에 따라 옥수수밭에 야구장을 만드는 한 편의 만화 같은 영화다.

최근 미 메이저리그 사무국(MLB)은 이 영화를 현실로 옮기기로 결정했다. "2020년 8월 14일 아이오와주 옥수수밭에서 뉴욕 양키스와 시카고 화이트 삭스의 경기를 치른다."라고 밝혔다. 이를 위해 영화 촬영지인 옥수수밭에 8천 석 규모의 임시 경기장을 지을 예정이다.

옥수수밭은 또한 공포영화의 단골 메뉴이기도 하다.

스티븐 킹의 원작소설을 영화화한 작품 〈옥수수밭의 아이들(Children of The Corn, 1984)〉과 마커스 니스펠 감독의 〈텍사스 전기톱 연쇄살인사건(The Texas Chainsaw Massacre, 2003)〉은 외부와 차단된 옥수수밭을 통해 공포 효과를 극대화시켰다.

10여 년 전 읽었던 칼 세이건의 《코스모스(Cosmos)》를 떠올렸다.

읽을수록 빠져드는 우주의 신비와 질서에 한동안 멍하게 지낸 적이 있다.

책에서처럼 인류라는 존재는 코스모스라는 찬란한 아침 하늘에 떠다니는 한 점 티끌에 불과한지도 모른다. 켄사스의 노래가사 '바람 속의 먼지'처럼 말이다.

영화 〈인터스텔라(Interstellar)〉

로버트 저메키스 감독, 조디 포스터 주연의 영화 〈콘택트(1997)〉는 코스모스를 모티브로 만든 영화다.

믿음을 잃지 않고 외계 행성과의 교신을 끊임없이 시도하는 장면이 감동을 준다.

얼마 전 칼 세이건의 딸 사샤 세이건이 뉴욕 매거진을 통해 아빠에게 쓴 기고문 '내 아버지, 칼 세이건과 나누었던 죽음에 관한 대화'를 읽었다.

딸 사샤가 아버지에게 죽음의 두려움에 대해 물었을 때 그는 "우리가 영원한 존재가 아니라는 것이 바로 우리가 깊이 감사해야 할 이유이며,

이것이 우리에게 심오한 아름다움을 느끼게 해 준다."라고 말했다고 한다. 영원하다면 존재의 참된 의미를 느낄 수 없을 것이다.

아이오와 보더라인을 지나면서 갈색으로 변한 옥수수잎들의 하늘거림을 바라본다.
옥수수밭을 보면서 우주를 연상하는 건 지나친 비약일까?
영화 〈콘택트〉에서 기자들이 던진 외계 생명체의 존재에 대한 물음에 조디 포스터의 의미심장한 답변이 아직도 나의 가슴을 뛰게 만든다.

"이 넓은 우주에 지구에만 생명체가 존재한다면 우주공간의 낭비가 아닐까요?"

＊켄사스(Kansas, 1970년 결성된 미국의 프로그레시브 록밴드)

- 1974년 1집 앨범 《Kansas》로 데뷔
- 1977년 〈Dust In The Wind〉 빌보드 싱글 차트 6위, 플래티넘 기록
- 1983 밴드 해체, 1986 스티브 무스, 빌리 그리어 영입하며 밴드 재결성
- 대표곡: 〈Dust In The Wind〉, 〈Carry On Wayward Son〉

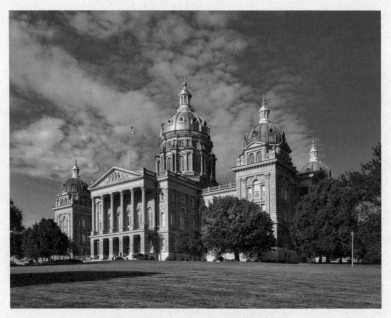

아름다운 건축물 중 하나인 아이오와 주청사

18.

서부로 서부로,
루트 66의 향수

●

○

아리조나 사막을 끼고 한 치의 오차도 없는 곧은 도로를 달린다.

하늘과 땅을 절반으로 갈라놓은 지평선만 보인다.

창밖으론 대지가 움직이는데 정면을 보면 차가 멈춰선 느낌이다.

서부의 노을이 장관을 연출한다.

나바호족의 성지 모뉴멘트 밸리 퇴적층이 강렬한 태양빛에 더 붉게 물든다.

콜로라도강에는 인디언의 거친 숨소리가 섞여 흐른다.

아리조나의 방울뱀이 모래 위에서 요리조리 서핑을 한다.

피셔맨스워프의 물개들이 해안가에 앉아 일광욕을 즐긴다.

밤의 서늘한 기후엔 코요테가 먹잇감을 찾아 여기저기 기웃거린다.

더트 로드(Dirt Road) 위에 뿌옇게 먼지를 날리며 픽업트럭이 질주한다.

서부의 이국적 풍경

웨스턴 바의 스윙도어를 박차며 서부의 총잡이가 불쑥 나타날 것 같다.
서부의 자연에는 온통 낭만이 배어 있다.

그러나 서부는 거친 곳이다.
가난한 사람들이 아메리칸 드림을 꿈꾸며 금광을 찾아 헤매던 곳.
소외된 청춘들이 데님 청바지를 입고 꿈을 찾아 방황하던 무대.
목숨 건 8초의 로데오와 방목된 말들이 들짐승들의 무리에서 신음하는 곳.
비 한 방울 내리지 않는 사막과 40도가 넘는 열기가 지속되는 곳.
영화 〈레버넌트(The Revenant, 2015)〉처럼 눈보라를 뚫고 흑곰과의 사
투를 벌이는 곳.

그렇게 와일드 와일드 웨스트(wild wild west)처럼 거친 곳이 서부이다.

웨스턴의 한 카페의 모습, 커피와 샌드위치, 기념품 등을 판매한다

아칸소 출신의 컨트리 싱어 글렌 캠벨*의 〈Rhinestone Cowboy〉(1975)
에 저절로 홍얼거린다. 가수로서 성공 가도를 달렸지만 늘 공허한 자신
의 이야기를 카우보이를 통해 노래했다.
글렌은 알츠하이머의 긴 투병 끝, 2017년에 생을 마감했다.

I've been walkin' these streets so long

Singin' the same old song

I know every crack in these dirty sidewalks of Broadway

Where hustle's the name of the game

And nice guys get washed away like the snow and the rain

There's been a load of compromising

On the road to my horizon

But I'm gonna be where the lights are shinin' on me

Like a rhinestone cowboy

Riding out on a horse in a star spangled rodeo

Like a rhinestone cowboy

Getting cards and letters from people I don't even know

And offers comin' over the phone

난 올드송을 부르며 이 길을 오랫동안 걸어왔어

화려하게 보이는 브로드웨이의 더러운 면도 알고 있지

여긴 워낙 온갖 속임수가 판치는 곳이라

착하기만 한 남자들은 모두 눈비처럼 쓸려 나가지

눈앞에 펼쳐진 내 길 위에는 많은 난관들이 도사리고 있어

하지만 난 어떻게든 조명들이 비치는 곳으로 갈 거야

기라성 같은 카우보이들이 나오는 로데오 경기에서 말을

타고 달리는

화려한 장식 옷을 걸친 카우보이처럼

내가 모르는 많은 사람들로부터 카드와 편지를 받고

심지어 전화로 만나고 싶다는 말까지 듣는

화려한 장식 옷을 걸친 카우보이처럼

Route 66 고속도로

미국인들의 심장에 그어진 선.

바로 마더 로드라 불리는 '루트 66(Route 66)' 이야기다.

루트 66은 시카고 폰티악과 LA 산타모니카를 잇는 미국 최초의 고속도로 명칭이다.

3,945㎞에 달하는 동서로 횡단하는 이 도로는 1926년에 개통되었으나 새로운 고속도로가 생겨나면서 1984년 지도상에서 사라졌다.

'어머니의 도로'라 불리며 미국인들에게 추억과 향수를 느끼게 하는 도로 그 이상의 존재이다.

수많은 영화와 뮤직비디오의 무대이자 미 서부의 마을 풍경과 사막 등 자연을 만끽할 수 있는 장소다.

그렇게 루트 66은 가난과 절망에 울부짖는 사람들을 품은 도로였다. [9)]

미국의 대문호 존 스타인벡은 이 시대를 배경으로 한 소설 《분노의 포도》에서 루트 66을 '모든 길의 어머니 도로'라고 표현했다.

도로에 새긴 Route 66

라플린의 휴게소에 앉아 루트 66을 로케이션으로 제작된 영화들을 떠올린다.

픽사(Pixar)는 캘리포니아주 에미레벨에 있는 애니메이션 영화 스튜디

---

9) 1930년대 대공황을 겪고 극심한 더스트 바울(Dust Bowl, 모래 폭풍)로 고통받던 소작농들은 고향을 등지고 희망의 불씨를 찾아 루트 66에 올랐다. (《한국경제》- 고아라 작가의 좌충우돌 미국여행기 중, 2017. 7. 30.)

오다.

〈토이스토리(Toy Story, 1995)〉, 〈월-E(WALL-E, 2008)〉 등 사물을 의인화한 섬세한 터치로 만화의 새 지평을 연 애니메이션 회사다.

영화 〈더 카(The Cars, 2006)〉 역시 루트 66을 소재로 영화화한 작품이다.

새로운 도로가 생겨나면서 소외돼 버린 라디에이터 스프링스라는 마을에 고립된 스튜어트 다우닝 자동차의 이야기를 감동으로 엮어 냈다.

한물간 마을을 지키려는 픽사의 기발한 발상은 감탄을 자아낸다.

영화로 그리는 서부의 풍경은 아름다움을 넘어 환상 그 자체이다.

수잔 서랜든과 지나 데이비스가 열연한 〈델마와 루이스(Thelma&Louise, 1991)〉는 아리조나와 유타에 접해 있는 모뉴먼트 밸리를 배경으로 하며 아름다운 자연미를 선사한다.

지루한 일상을 탈출해 자유를 찾는 그녀들에게 세상은 호락호락하지 않다.

자신들이 선택한 삶이 아닌데 왜 이렇게 인생이 꼬여 가는지 암울하기만 하다.

그래서 마지막 장면이 이토록 강렬한 영화는 처음이다.

가슴이 먹먹해진다.

영화 〈바그다드 카페(Bagdad Cafe, 1987)〉는 이라크 수도 바그다드가 아닌 루트 66의 바스토우 사막 한가운데에 있는 초라한 카페에서 일어나는 이야기다.

아무런 희망이 보이지 않던 카페에 브랜다와 야스민의 만남으로 따스하고 행복한 시간이 깃들게 되는데….

황량한 사막에서 일어나는 마법 같은 기적은 우리의 지친 삶을 위로해 준다.

영화 속 색감은 눈을 멀게 하고 반복되는 OST, 〈Calling You〉는 환청에 시달리게 만든다.

현재도 영업 중인 이 바그다드 카페에는 독일과 프랑스가 합작해 만든 영화라는 이유로 관광객의 절반이 넘는 프랑스인이 찾아온다고 한다.

영화 〈더 카(The Cars)〉

난 서부를 갈 때마다 루트 66의 흔적을 찾았다.

일리노이, 미주리, 오클라호마로부터, 텍사스, 뉴멕시코, 애리조나까지 컨트리 음악과 함께하는 서부라면 무조건 좋았다.

냇 킹 콜, 엘비스 프레슬리, 밥 딜런 등이 루트 66을 노래했고 2003년 미국인들은 루트 66이 사라져 가는 아쉬움을 '히스토릭 루트 66(Historic Route 66)' 복원으로 달랬다.

가는 곳마다 1950년대 향수를 자극하는 기념품 숍과 한적한 레스토랑, 오래된 모텔들이 있다.
난 그곳에서 루트 66을 새긴 모자, 티셔츠, 머그컵을 손에 넣고 소소한 행복을 느낀다.

서부는 이제 캘리포니아를 중심으로 거대한 상업도시가 되었다.
벤처기업이 집적된 실리콘 밸리는 첨단기술의 메카가 되었고 휴스턴의 NASA는 우주개발의 산실로 위용을 드러내고 있다.
롱비치와 말리부 해변에서 자유가 넘실거리고 그랜드캐니언과 요새미티에선 영겁의 세월을 간직한 자연의 신비가 펼쳐진다.

윈드밀(windmill)

가진 게 없어도 시작할 수 있는 기회의 땅이 서부인 것이다.

그래서 내게 한 달의 시간이 주어진다면 서슴없이 떠나고 싶은 곳이 루트 66의 프리 로드다.

오늘도 팜스프링스의 낡은 윈드밀(windmill)이 내게 어서 오라고 손짓하고 있다.

＊**글렌 캠벨**(Glen Travis Campbell, 1936. 4. 22, 미국 아칸소주 딜라이트 출생)

- 1962 솔로가수 데뷔, 1965년 영화 〈Baby, the rain must fall〉로 데뷔
- 1964~1965 그룹 '비치보이스' 멤버로 활약
- 1969년 제11회 그래미 어워드 올해의 앨범상 수상
- 2015년 제57회 그래미 어워드 베스트 컨트리 노래상 수상
- 대표곡: 〈Rhinestone cowboy〉, 〈Galveston〉, 〈Time〉

서부의 햄버거 브랜드 칼스 주니어(Carl's Jr)

19.

메리 크리스마스
인 딕시(Dixie)

●
○

11월 초인데도 벌써부터 뉴욕의 록펠러 센터에는 트리 장식이 한창이다.
미국 최대의 휴일을 먼저 누리고 싶은 미국인들의 심정이다.
브루클린 브리지를 감싼 노란색 전구에도, 5번가에 위치한 스타벅스 매
장의 빨간 컵홀더에도 크리스마스 향기가 묻어난다.
월가의 글로벌 경기침체 분석에도 아랑곳하지 않고 이들은 홀리데이
시즌을 즐기려는 준비로 설렌다.
브라이언트 파크 내 아이스링크의 트리 장식은 영화 속 크리스마스 추
억으로 빠져들게 한다.

뉴욕의 겨울은 영화에서 느껴야 제 맛이다.
할리우드 스타 니콜라스 케이지 주연의 〈패밀리 맨(The Family Man,

록펠러 센터(Rockefeller Center)의 아이스링크

2000)〉은 따스한 빛깔의 크리스마스다.

꿈의 자동차 페라리와 맨해튼의 팬트하우스를 소유한 월가의 성공 가도를 달리는 주인공은 모든 것을 가졌지만 진정한 사랑을 갖지는 못했다.

그래서 영화 속 흩날리는 눈발들이 주인공에게 '그대 행복한가요?'라는 물음을 던진다.

분명 돈과 명예보다 소중한 무엇이 있음을 영화 속 긴 여운이 답해 준다.

〈세렌디피티(Serendipity, 2002)〉는 관객들에게 뉴욕의 달콤한 크리스마스 이브를 선물한다. '세런디피티' 단어의 의미처럼 의도하지 않은 뜻밖의 운명을 모티브로 정했다. 존 쿠삭과 케이트 베킨세일의 부적절한 만남을 영화 속 크리스마스 트리들로 미화시킨다.

〈러브 액츄얼리(Love Actually, 2003)〉는 크리스마스 로맨틱 코미디 영화의 백미다. 휴 그랜트, 콜린퍼스, 키이라 나이틀리 등 초호화 캐스팅과 옴니버스 형식의 따뜻하고 신선한 소재들은 보는 이들의 마음속에 풍요를 안겨 준다.

〈Christmas is All Around〉(2003) 선율이 우울한 이들을 달래며 작은 행복을 선사한다.

이 영화가 주는 한결같은 메시지는 '크리스마스잖아요(Just because It's Christmas).'이다.

영화 〈러브 액츄얼리(Love Actully)〉

서브웨이 매장에서 BRT브런치와 함께 빈스 길의 리메이크 곡 〈Blue Christmas〉(1998)를 들으며 어렴풋이 옛날 기억으로 돌아간다.

> I'll have a blue Christmas without you
>
> I'll be so blue just thinking about you
>
> Decorations of red on a green Christmas tree

Won't be the same, dear

If you're not here with me

당신 없는 우울한 크리스마스가 될 거예요

당신에 대한 우울한 생각을 하겠죠

초록색 크리스마스 트리의 붉은 장식은

예전 같지 않을 거예요

당신이 여기 내 곁에 없다면 말이죠

내 어릴 적 시골의 겨울은 유난히도 춥고 외로웠다.

골목 사이로 어둠이 내려앉은 밤엔 적막감마저 돌았다.

벽시계의 초침소리와 간간히 짖어 대는 개들이 고요를 깰 뿐 흙으로 지어진 집안에 남겨진 나 이외에는 세상이 멈춘 느낌마저 들었다.

방황하던 스무 살의 어느 겨울밤.

크리스마스이브에 무척 외로웠다.

문풍지 사이로 스며드는 겨울바람마저 반갑게 느껴지는 외로움은 누구라도 손끝이 닿으면 금방이라도 눈물이 날 것만 같았다.

엘비스 프레슬리의 〈Blue Christmas〉(1957)를 들으며 철저히 외로움을 느낄 때 밖에서 인기척이 들렸다.

귤 한 봉지를 들고 있는 누나는 세상에서 제일 반가운 산타였다.

갑자기 내 눈에서 눈물이 뚝 하고 떨어졌다.

순간 외로움은 눈 녹듯이 사라지고 밖엔 흰 눈이 소리 없이 내리기 시작했다.

미 남부는 다듬어지지 않은 보석이다.

서부의 낭만과 문화에 비해 지루(boring)한 곳이기도 하다.

남부를 총칭하는 단어는 '딕시(Dixie)'이다.

'남부의 아가씨들'이란 이름을 가진 3인조 컨트리 그룹 딕시 칙스(Dixie Chicks)는 센세이션을 일으키며 데뷔 앨범《Wide open spaces》로 천만 장 이상 판매하는 기록을 세웠다.

텍사스 출신인 이 그룹은 남부 텍사스의 아버지 조지 부시 대통령를 능가하는 인기를 누리기도 했다.

딥 사우스(Deep South)는 남부 중에서도 더 남부스런 루이지애나, 미시시피, 알라바마, 조지아, 사우스 캐롤라이나 5개주를 통틀어 이르는 말이다.

영화 〈그린북〉에서 주인공 마허샬라 알리가 남부를 순회 공연지로 택한 것은 인종차별이 가장 심했던 딥사우스를 정면으로 돌파해 보려는 의도에서였다.

어쩌면 외로운 별인 이곳 남부가 내 인생의 시작점일지도 모른다.

레드넥(Redneck, 남부의 농부가 햇볕으로 인해 목둘레가 빨갛게 탄 것을 놀리는 말)의 한 농부가 거친 숨을 내쉰다.

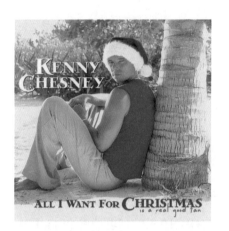

케니 체스니(Kenny Chesney)

케니 체스니(Kenny Chesney)*는 2003년 이색적인 캐롤 음반을 발매했다.

야자나무 아래 빨간색 산타 모자를 쓴 케니의 모습이 이채롭다.

삽입곡 중 원곡자인 그룹 알라바마의 웬디 오웬과 부른 〈Christmas in Dixie〉(2003)를 듣는다.

뉴욕에서 미시시피 잭슨까지 미국 전역에 크리스마스의 평화가 깃들기를 기원하는 노래다.

By now in New York City.

There's snow on the ground.

And out in California.

The sunshines' falling down.

And maybe down in Memphis, Graceland's all in lights.

And in Atlanta, Georgia, there's peace on earth tonight.

Christmas in Dixie, it's snowing in the pines.

Merry Christmas from Dixie to everyone tonight.

지금 뉴욕에서는 눈이 내리고

캘리포니아에선 태양이 내려앉아

멤피스 그레이스 랜드를 비춰 주고

조지아 애틀랜타에는 오늘밤 평화가 깃드네

크리스마스 인 딕시, 소나무에 눈이 쌓이고

남부로부터 모든 이에게 오늘 밤 메리 크리스마스가 되길

보수적인 남부에도 크리스마스 시즌은 분주하다.

북부처럼 눈을 자주 볼 수 없는 게 아쉽지만 오히려 더 정겹다.[10]

목장의 펜스에도 트리 장식이 놓였고, 가정의 벽난로에도 메그놀리아

장식이 꾸며진다. 트리 소품 중 하나인 눈의 형상을 한 매그놀리아는

남부 미시시피주의 꽃이기도 하다.

부유하진 않지만 현실에 감사하는 기독교 중심의 바이블 벨트가 남부다.

---

10) 텍사스주에는 2017년, 30년 만에 눈이 내렸다.

이 땅의 모든 이에게 평화가 깃들기를 소망하며 노래의 마지막 가사를
되뇌어 본다.

'Merry Christmas tonight….'

---

*케니 체스니(Kenny Chsney 1968. 3. 26, 테네시주 녹스빌 출생)

- 2004년 제39회 컨트리 뮤직 어워드 올해의 앨범
- 2004년 제39회 컨트리 뮤직 어워드 올해의 엔터테이너
- 2005년 제40회 아카데미 컨트리 뮤직 어워드 올해의 엔터테이너
- 2019년 빌보드 뮤직 어워드 톱 컨트리 투어상
- 21세기 가장 많은 앨범 판매(28백만 장) 5위 기록
- 대표곡: 〈Me And You〉, 〈No Shoes, No Shirt, No Problems〉, 〈All I Need To Know〉

10월부터 이어지는 추수감사절과 할로윈,
크리스마스는 미국인들의 최대 축제다

20.

나파 밸리의 포도 향기

•

○

99번 고속도로를 타고 베이커스필드에서 북쪽으로 나파 밸리를 향한다.
길 양옆으로 군의 사열대처럼 줄 맞춰 서 있는 키 작은 포도나무에선
상큼한 포도향이 퍼진다.

나파 밸리(Napa Valley)는 캘리포니아 나파 카운티 계곡에 위치한 480
㎢ 면적의 세계적인 와인 집산지다.

풍부한 일조량과 샌파블로 만(San Pablo Bay)의 안개, 밤의 서늘한 기
후의 지리적 여건은 와인을 만드는 최적의 조건을 갖추었다.

이미 이곳에는 1900년대 초부터 1800여 곳의 크고 작은 와이너리가 생겨
났으며, 샤도네이(Chardonnay), 카베르네 소비뇽(Cabernet Sauvignon),
머랏(Merlot) 등 다양한 포도종으로 프랑스 와인과 어깨를 견주며 그
맛과 명성을 이어 가고 있다.

캘리포니아 나파 밸리(Napa Valley)

사랑스럽게 꾸며진 와이너리숍 거리는 유럽풍의 이국적 향취를 느끼게
한다.

케이블카를 타고 산 중턱에 위치한 스털링 빈야드 와이너리에 들러 와
인 생산과정과 빈티지한 숙성창고를 둘러보고 다양한 종류의 와인을
시음한다.

부드럽고 단맛이 나는 메를로 레드와인 한 잔에 벌써부터 취기가 감돈다.

마치 구름 위를 걷는 기분이다.

나파 밸리는 영화 촬영지로도 유명하다.

키아누 리브스 주연의 영화 〈구름 속의 산책(A Walk In The Clouds,
1995)〉은 포도 농장을 소유한 빅토리아 가문의 이야기로 100분의 러닝
타임이 바쁘게 돌아간다.

서리 내린 포도밭에 불을 지피고 날갯짓으로 포도에 열기를 전달하는 장면과 음악에 따라 여러 사람들이 나무통에 들어가 맨발로 포도를 으깨는 장면이 인상적이다.

키아누 리브스는 영화 〈데스티네이션 웨딩(Destination Wedding, 2018)〉에서 위노나 라이더와 함께 캘리포니아 와이너리를 배경으로 유머러스한 로맨스 스토리를 이어 갔다.

앨런 릭먼, 크리스 파인 등 화려한 출연진의 영화 〈와인 미라클(Wine Miracle, 2008)〉은 1976년 프랑스 와인과 미국 와인과의 블라인드 테스팅 대결을 모티브로 한 영화다. 국내 흥행엔 실패했지만 와인 애호가에게 사랑과 호평을 받았던 와인 영화다.

폴 지아마티, 산드라 오의 영화 〈사이드웨이(Sideways, 2004)〉 또한 캘리포니아 와이너리에서 촬영했다. 오래 숙성된 와인을 한 모금씩 음미하듯 영화를 통해 인생의 참맛을 느끼게 하는 영화다. 이 영화의 영향으로 캘리포니아 와인 소매점과 술집의 매출이 20% 가까이 늘기도 했다.

포도향 같이 진한 복구풍의 컨트리를 들고 데뷔한 신데렐라 케이시 머스그레이브스(Kacey Musgraves)*가 4집 앨범에서 노래 〈Mother〉(2018)를 통해 세상을 떠난 어머니에 대한 그리움을 노래한다.

1분 18초의 짧은 노래가 채 끝나기도 전에 눈물이 고인다.

Bursting with empathy, I'm feeling everything

케이시 머스그레이브스의 ⟨Follow Your Arrow⟩
뮤직비디오 중에서

The weight of the world on my shoulders

Hope my tears don't freak you out

They're just kinda coming out

It's the music in me and all of the colors

Wish we didn't live, wish we didn't live so far from each
other

I'm just sitting here thinking about the time that's slipping

And missing my mother, mother

And she's probably sitting there

Thinking about the time that's slipping

And missing her mother, mother

터질 것 같은 감정으로 나는 모든 것을 느끼고 있어요

내 어깨 위 세상의 무게…

나의 눈물이 당신을 놀라게 하지 않길 바랍니다

눈물이 그냥 막 흘러내리네요

이 눈물이 내 안의 음악이고 내 삶의 모든 색깔입니다

우리가 너무 멀리 떨어져 살지 않았었더라면 좋았을 텐데…

그저 여기 앉아 흘러가는 시간에 대해 생각해 봅니다

그리고 나의 어머니, 어머니가 그립습니다

아마도 우리 어머니도 거기 앉아 흘러가 버린 시간에 대해

생각하며

그녀의 어머니를 그리워하겠죠. 어머니…

나의 부모님은 내가 태어나던 해부터 씨가 없는 델라웨어 품종의 포도
를 재배하기 시작했다.

600여 평 남짓 친척 분의 밭을 임대해 시작한 포도농사는 우리 집의 유
일한 소득원이자 삶의 터전이었다.

초창기 보급률이 적고 재배 기술이 낮아 많은 시행착오를 겪으셨다고
한다.

난 여름방학이면 포도밭 원두막에서 포도를 따 먹는 새를 쫓으며 라디
오를 들었다.

50년을 함께 한 부모님의 포도밭

혼자 있는 공간은 때론 화가가 되기도 하고 때론 시인이 되는 희망제작
소였다.

그 시절 라디오 전파를 타는 김기덕의 〈2시의 데이트〉와 이종환의 〈밤
의 디스크쇼〉는 고독한 청춘의 동반자이자 작은 활력소였다.

고등학교를 졸업하고 취업에 대해 고심하던 스무 살 여름.

부모님의 농사를 도우며 시골의 긴 여름을 보냈다.

샐비어, 맨드라미 같은 여름 꽃을 심어 보고 보랏빛으로 익어 가는 델
라웨어를 바라보며 어머니와 함께하는 시간들이 마냥 즐거웠다.

8월의 무덥던 어느 날이었다.

여느 때처럼 수확한 포도를 리어카에 싣고 좁은 비포장 농로를 따라 집

으로 향하던 중이었다.

신작로에 접어들 즈음 장대 같은 소나기가 쏟아지기 시작했다.

내가 순간 발을 헛디뎌 개울가로 빠지면서 리어카가 뒤집히고 말았다.

흙투성이가 된 몸을 가누며 일어서려 할 때 소나기 사이로 뒤돌아서 눈물을 훔치시는 어머니를 보았다.

그 시절 포도는 우리 집의 유일한 활로였고, 고단한 삶을 달래는 청량제 같은 존재였기 때문이다.

안타깝게도 칠레, 페루 등을 비롯한 외국산 포도의 공략 앞에 이제 국내산 포도는 더 이상 설 자리가 없어졌다.

우리 집도 결국 50년을 함께했던 포도농사를 멈추었다.

내 삶의 터전을 잃어버린 듯한 아픔이다.

스털링 빈야드 와이너리(Sterling Vineyards Winery)

몇 잔의 시음 와인으로 취기가 돈다.

창고에서 숙성되는 와인을 보며 바바라 맨드렐(Barbara Mandrell)의 〈Years〉(1979)를 듣는다.

연인과 함께 보냈던 지난 세월의 짙은 그리움을 노래한 이 곡은 1979년 컨트리차트 1위를 차지했다.

Faded photographs,

The feelin's all come back

Even now sometimes

you're feelin' so near

And I still see your face

Like it was yesterday

Strange how the days turned into years

Years of hanging on

To dreams already gone

Years of wishing you were here

After all this time

You'd think I wouldn't cry

It's just that I still love you

After all these years

색 바랜 사진들을 보니

옛 사랑의 감정이 모두 되살아나요

지금도 가끔은 당신이 내 곁에 있는 듯합니다

바로 어제인 듯 그대의 얼굴이 아직도 생생하네요

어떻게 그토록 많은 나날들이 지나갔는지 의아하기만 합

니다

이미 지나버린 꿈들에 집착해 온 나날들

그대가 곁에 있어 주길 바랐던 숱한 나날들

이렇게 많은 시간이 흐른 뒤에도

그대는 내가 울지 않으리라 생각했겠지요

그건 이렇게 수많은 시간이 흘렀어도

내 그대를 아직까지 사랑하기 때문입니다

이제 포도밭 어머니는 팔순을 바라보는 나이가 되었다.

어머니는 인생을 주연이 아닌 조연으로 살았다.

가난의 고단함에 힘들었을 텐데 자식들에게 닥친 비운들은 당신을 더

욱 힘들게 했다.

나는 그런 어머니가 항상 가여웠다.

그리고 늘 생각했다.

'어머니에게 인생이 한 번 더 주어졌으면, 남들처럼 그저 평범하게….'

어머니의 인생은 덧없이 그리고 쉴 틈 없이 너무 멀리 지나쳐 버렸다.

얼마 전 나는 옥천 산골에 델라웨어 포도나무 몇 그루를 심었다.

또 다른 시작의 설렘이다.

자라는 포도나무를 보며 나의 딸들에게 아빠가 어릴 적 꿈꿔 왔던 미래
에 대한 희망들을 얘기할 것이다.

그 시절 가난하고 외로웠지만 절망을 희망으로 만든 것이 포도였다
고….

---

*케이시 머스그레이브스(Kacey Musgraves 1988. 8. 21, 텍사스주 미니올라 출생)

- 2012년 디지털 싱글 앨범 《Merry Go 'Round》 데뷔
- 2013년 제47회 컨트리 뮤직 어워드 올해의 신인상
- 2014년 제49회 아카데미 오브 컨트리 뮤직 어워드 올해의 앨범상
- 2014년 제56회 그래미 어워드 최우수 컨트리 앨범상, 노래상
- 2019년 61회 그래미 시상식에서 'Album of yhe Year' 등 4개 부문을 석권
- 대표곡: 〈Butterflies〉, 〈Mama's Broken Heart〉, 〈Space Cowboy〉

나파 밸리의 한 포도농장

미국에 관하여

'미국에 관하여'라는 제목으로 꾸며진 부록에서는
세계의 중심이 되고 있는 미국에 대해 더 깊이 있게 알아보고
미국여행의 길라잡이가 되고자 한다.

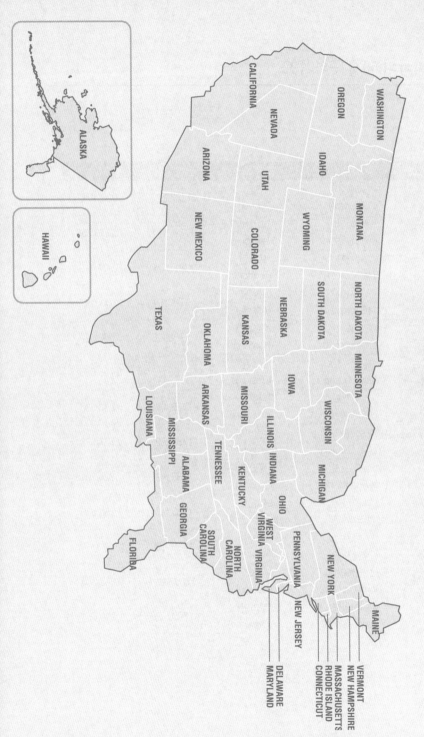

미국의 50개 주

미국의 50개 주와 주도

연번	주	주도	연방 가입일	인구 수 (2015년)
1	델라웨어 (Delaware)	도버 (Dover)	1787.12.7	926,454
2	펜실베니아 (Pennsylvania)	해리스버그 (Harrisburg)	1787.12.12	12,779,559
3	뉴저지 (New Jersey)	트랜턴 (Trenton)	1787.12.18	8,904,413
4	조지아 (Georgia)	애틀랜타 (Atlanta)	1788.1.1	10,006,693
5	코네티컷 (Connecticut)	하트퍼드 (Hartford)	1788.2.9	3,593,222
6	매사추세츠 (Massachusetts)	보스턴 (Boston)	1788.2.7	6,705,586
7	매릴랜드 (Maryland)	아나폴리스 (Annapolis)	1788.4.28	5,930,538
8	사우스 캐롤라이나 (South Carolina)	컬럼비아 (Columbia)	1788.5.23	4,777,576
9	뉴 햄프셔 (New Hampshire)	콩코드 (Concord)	1788.6.21	1,324,201
10	버지니아 (Virginia)	리치먼드 (Richmond)	1788.6.25	8,256,630
11	뉴욕 (New York)	올버니 (Albany)	1788.7.26	19,673,174
12	노스 캐롤라이나 (North Carolina)	롤리 (Raleigh)	1789.11.21	9,845,333
13	로드 아일랜드 (Rhode Island)	포로비던스 (Providence)	1790.5.29	1,053,661

14	버몬트 (Vermont)	몬트필리어 (Montpelier)	1791.3.4	626,604
15	켄터키 (Kentucky)	프랭크퍼트 (Frankfort)	1792.6.1	4,397,353
16	테네시 (Tennessee)	내쉬빌 (Nashville)	1796.6.1	6,499,615
17	오하이오 (Ohio)	콜럼버스 (Colubus)	1803.3.1	11,575,977
18	루이지애나 (Louisiana)	배턴루지 (Baton Rouge)	1812.4.30	4,625,253
19	인디아나 (Indiana)	인디애나폴리스 (Indianapolis)	1816.12.11	6,568,645
20	미시시피 (Mississippi)	잭슨 (Jackson)	1817.12.10	2,988,081
21	일리노이 (Illionis)	스프링필드 (Springfield)	1818.12. 3	12,873,761
22	알라바마 (Alabama)	몽고메리 (Montgomery)	1819.12.14	4,830,620
23	메인 (Miane)	오거스타 (Augusta)	1820.3.15	1,329,100
24	미주리 (Missouri)	제퍼슨 시티 (Jefferson City)	1821.8.10	6,045,448
25	아칸소 (Arkansas)	리틀록 (Little Rock)	1836.6.15	2,958,208
26	미시간 (Michigan)	랜싱 (Lansing)	1837.1.26	9,900,571
27	플로리다 (Florida)	탤러해시 (Tallahassee)	1845.3.3	19,645,772
28	텍사스 (Texas)	오스틴 (Austin)	1845.12.29	26,538,614
29	아이오와 (Iowa)	디모인 (Des Moines)	1846.12.28	3,093,526

30	위스콘신 (Wisconsin)	매디슨 (Madison)	1848.5.29	5,742,117
31	캘리포니아 (California)	새크라멘토 (Sacramento)	1850.9.9	38,421,464
32	미네소타 (Minnesota)	세인트폴 (St.Paul)	1858.5.11	5,419,171
33	오리건 (Oregon)	세일럼 (Salem)	1859.2.14	3,939,233
34	캔사스 (Kansas)	토피카 (Topeka)	1961.1.29	2,892,987
35	웨스트 버지니아 (West Virginia)	찰스턴 (Charleston)	1863.6.30	1,851,420
36	네바다 (Nevada)	카슨 시티 (Carson City)	1864.10.31	2,798,636
37	네브레스카 (Nebraska)	링컨 (Lincoln)	1867.3.1	1,869,365
38	콜로라도 (Colorado)	덴버 (Denver)	1876.8.1	5,278,906
39	노스 다코타 (North Dakota)	비즈마크 (Bismarck)	1889.11.2	721,640
40	사우스 다코타 (South Dakota)	피어 (Pierre)	1889.11.2	843,190
41	몬타나 (Montana)	헬레나 (Helena)	1889.11.8	1,014,699
42	워싱턴 (Washington)	올림피아 (Olympia)	1889.11.11	6,985,464
43	아이다호 (Idaho)	보이시 (Boise)	1890.7.3	1,616,547
44	와이오밍 (Wyoming)	샤이엔 (Cheyenne)	1890.7.10	579,679
45	유타 (Utah)	솔트레이크 시티 (Salt Lake City)	1896.1.4	2,903,379

46	오클라호마 (Oklahoma)	오클라호마 시티 (Oklahoma City)	1907.11.16	3,849,733
47	뉴멕시코 (New Mexico)	샌타페이 (Santa Fe)	1912.1.6	2,084,117
48	아리조나 (Arizona)	피닉스 (Phoenix)	1912.2.14	6,641,928
49	알래스카 (Alaska)	주노 (Juneau)	1959.1.3	733,375
50	하와이 (Hawaii)	호놀룰루 (Honolulu)	1959.8.21	1,406,299

출처: Wikipedia/Demography of the United States

미국의 역대 대통령

대	대통령	생존 연도	재임 기간	소속 정당
1	조지 워싱턴 (George Washington)	1732~1799	1789~1797	없음
2	존 애덤스 (John Adams)	1735~1826	1797~1801	연방당
3	토머스 제퍼슨 (Thomas Jefferson)	1743~1826	1801~1809	민주공화당
4	제임스 매디슨 (James Madison)	1751~1836	1809~1817	민주공화당
5	제임스 먼로 (James Monroe)	1758~1831	1817~1825	민주공화당
6	존 퀸시 애덤스 (John Quincy Adams)	1767~1848	1825~1829	민주공화당
7	앤드루 잭슨 (Andrew Jackson)	1767~1845	1829~1837	민주당
8	마틴 밴 뷰런 (Martin Van Buren)	1782~1862	1837~1841	민주당
9	윌리엄 해리슨 (William Harrison)	1773~1841	1841~1841	휘그당
10	존 타일러 (John Tyler)	1790~1862	1841~1845	민주당
11	제임스 포크 (James Knox Polk)	1795~1849	1845~1849	민주당
12	재커리 테일러 (Zachary Taylor)	1784~1850	1849~1850	휘그당
13	밀러드 필모어 (Millard Fillmore)	1800~1874	1850~1853	휘그당

14	프랭클린 피어스 (Franklin Pierce)	1804~1869	1853~1857	민주당
15	제임스 뷰캐넌 (James Buchanan)	1791~1868	1857~1861	민주당
16	에이브러햄 링컨 (Abraham Lincoln)	1809~1865	1861~1865	공화당
17	앤드루 존슨 (Andrew Johnson)	1808~1875	1865~1869	공화당
18	율리시스 그랜트 (Ulysses S. Grant)	1822~1885	1869~1877	공화당
19	러더퍼드 헤이스 (Rutherford B. Hayes)	1822~1893	1877~1881	공화당
20	제임스 가필드 (James A. Garfield)	1831~1881	1881~1881	공화당
21	체스터 아서 (Chester A. Arthur)	1830~1886	1881~1885	공화당
22	그로버 클리블랜드 (Grover Cleveland)	1837~1908	1885~1889	민주당
23	밴저민 해리슨 (Benjamin Harrison)	1833~1901	1889~1893	공화당
24	그로버 클리블랜드 (Grover Cleveland)	1837~1908	1893~1897	민주당
25	윌리엄 매킨리 (William McKinley)	1843~1901	1897~1901	공화당
26	시어도어 루스벨트 (Theodore Roosevelt)	1858~1919	1901~1909	공화당
27	윌리엄 하워드 태프트 (William Howard Taft)	1857~1930	1909~1913	공화당
28	우드로 윌슨 (WoodrowWilson)	1856~1924	1913~1921	민주당
29	워런 하딩 (Warren G. Harding)	1865~1923	1921~1923	공화당

30	캘빈 쿨리지 (Calvin Coolidge)	1872~1933	1923~1929	공화당
31	허버트 후버 (Herbert C. Hoover)	1874~1964	1929~1933	공화당
32	프랭클린 루즈벨트 (Franklin D. Roosevelt)	1882~1945	1933~1945	민주당
33	해리 트루먼 (HarryS.Truman)	1884~1972	1945~1953	민주당
34	드와이트 아이젠하워 (Dwight D. Eisenhower)	1890~1969	1953~1961	공화당
35	존 F. 케네디 (John F. Kennedy)	1917~1963	1961~1963	민주당
36	린든 존슨 (Lyndon B. Johnson)	1908~1973	1963~1969	민주당
37	리처드 닉슨 (Richard Milhous Nixon)	1913~1994	1969~1974	공화당
38	제럴드 포드 (Gerald R. Ford)	1913~2006	1974~1977	공화당
39	지미 카터 (Jimmy Carter)	1924~	1977~1981	민주당
40	로널드 레이건 (Ronald Reagan)	1911~2004	1981~1989	공화당
41	조지 부시 (George Bush)	1924~2018	1989~1993	공화당
42	빌 클린턴 (WilliamJ. Clinton)	1946~	1993~2001	민주당
43	조지 W. 부시 2세 (George W. BushJr)	1946~	2001~2009	공화당
44	버락 오바마 (Barack Hussein Oba ma)	1961~	2009~2017	민주당
45	도널드 트럼프 (Donald John Trump)	1946~	2017~2020 현재	공화당

출처: 네이버 지식백과

미국의 지폐와 인물

1 DOLLAR

1985년에 발행된 지폐로, 앞면에는 초대 대통령인 조지 워싱턴(George Washington, 1732~1799)의 초상화가 그려져 있고 뒷면에는 피라미드 모형과 미국을 나타내는 독수리 모양이 그려져 있다.

2 DOLLAR

1976년에 발행된 지폐로, 앞면에는 미국 3대 대통령인 토머스 제퍼슨

(Thomas Jefferson, 1743~1826)의 초상화가 있고, 뒷면에는 피라미드 모형과 미국을 나타내는 독수리 모양이 그려져 있다.

5 DOLLAR

2006년에 발행한 지폐로, 앞면에는 제16대 대통령인 에이브러햄 링컨 (Abraham Lincoln, 1809~1865), 뒷면에는 링컨기념관 건물 그림이 있다.

10 DOLLAR

1985년에 발행한 지폐로, 앞면에는 초대 재무장관이었던 알렉산더 해밀턴(Alexander Hamilton, 1755~1804), 뒷면에는 재무성 건물 그림이 있다.

20 DOLLAR

1985년에 발행된 지폐로, 앞면에는 7대 대통령인 앤드류 잭슨(Andrew Jackson, 1767~1845), 뒷면에는 백악관 그림이 있다. 앤드루 잭슨은 서부 출신 최초의 대통령으로 서부의 농민, 동부와 북부의 노동자, 남부의 농업경영자 등의 광범위한 지지를 얻어 1832년 재선되었다.

50 DOLLAR

1985년에 발행된 지폐로, 앞면에는 18대 대통령인 율리시스 그랜트 (Ulysses Grant, 1822~1885)의 초상화가 그려져 있으며, 뒷면에는 미국 국회의사당(U. S. Capital)이 그려져 있다.

그랜트 대통령은 1865년 4월 버지니아주(州) 아포머톡스에서 남군 사령관 R. E. 리를 항복시켜 전쟁을 사실상 종결시키고 국민적 영웅이 되었다.

100 DOLLAR

1985년에 발행한 미국 100달러 지폐로, 앞면에는 미국의 정치가이며 외교관인 벤자민 프랭클린(Benjamin Franklin, 1706~1790)의 초상화가 있고, 뒷면에는 Independence Hall의 모습이 그려져 있다. 100달러 지폐를 속어로 '벤자민' 또는 '프랭클린'으로 부르기도 한다.

출처: wikimedia. org, 네이버 지식백과

역대 아카데미 수상작

회	년도	최우수작품상	남우주연상	여우주연상
1	1929	〈윙스〉	에밀 제닝스 〈마지막 명령〉	재닛 가이너 〈일곱 번째 천국〉
2	1930	〈브로드웨이 멜로디〉	워너 박스터 〈인 올드 애리조나〉	메리 픽퍼드 〈코퀘트〉
3	1930	〈서부 전선 이상 없다〉	조지 아리스 〈디즈레일리〉	노마 시어러 〈이혼녀〉
4	1931	〈시마론〉	라이어널 배리모어 〈자유로운 영혼〉	마리 드레슬러 〈민앤빌〉
5	1932	〈그랜드 호텔〉	프레더릭 마치 〈지킬 박사와 하이드 씨〉	헬렌 헤이어스 〈마델론의 비극〉
6	1934	〈캐벌케이드〉	찰스 로튼 〈헨리8세의 사생활〉	캐서린 헵번 〈모닝 글로리〉
7	1935	〈어느날 밤에 생긴 일〉	클라크 게이블 〈어느날 밤에 생긴 일〉	클로데트 콜베르 〈어느날 밤에 생긴 일〉
8	1936	〈바운티호의 반란〉	빅터 맥라글렌 〈밀고자〉	베티 데이비스 〈데인저러스〉
9	1937	〈위대한 지그펠트〉	폴 무니 〈루이 파스퇴르 이야기〉	루이스 라이너 〈위대한 지그펠트〉
10	1938	〈에밀 졸라의 생애〉	스펜서 트레이시 〈캡틴 커리지〉	루이스 라이너 〈대지〉
11	1939	〈우리들의 낙원〉	스펜서 트레이시 〈보이 타운〉	베티 데이비스 〈지저벨〉
12	1940	〈바람과 함께 사라지다〉	로버트 도낫 〈굿바이 미스터 칩스〉	비비언 리 〈바람과 함께 사라지다〉

13	1941	〈레베카〉	제임스 스튜어트 〈필라델피아 스토리〉	진저 로저스 〈키티 포일〉
14	1942	〈나의 계곡은 푸르렀다〉	게리 쿠퍼 〈요크 상사〉	조앤 폰테인 〈서스피션〉
15	1943	〈미니버 부인〉	제임스 캐그니 〈양키 두들 댄디〉	그리어 가슨 〈미니버 부인〉
16	1944	〈카사블랑카〉	폴 루커스 〈워치 온 더 라인〉	제니퍼 존스 〈베르나데트의 노래〉
17	1945	〈나의 길을 가련다〉	빙 크로스비 〈나의 길을 가련다〉	잉그리드 버그먼 〈가스등〉
18	1946	〈잃어버린 주말〉	레이 밀런드 〈잃어버린 주말〉	조앤 크로퍼드 〈밀드레드 피어스〉
19	1947	〈우리생애 최고의 해〉	프레더릭 마치 〈우리 생애 최고의 해〉	올리비아 드 하빌랜드 〈투 이치 히스 원〉
20	1948	〈신사협정〉	로널드 콜먼 〈이중생활〉	로레타 영 〈농부의 딸〉
21	1949	〈햄릿〉	로런스 올리비에 〈햄릿〉	제인 와이먼 〈자니 벨린다〉
22	1950	〈모두가 왕의 부하들〉	브로더릭 크로퍼드 〈모두가 왕의 부하들〉	올리비아 드 해빌랜드 〈상속녀〉
23	1951	〈이브의 모든것〉	호세 페레르 〈시라노〉	주디 홀리데이 〈본 예스터데이〉
24	1952	〈파리의 미국인〉	험프리 보가트 〈아프리카의 여왕〉	비비언 리 〈욕망이라는 이름의 전차〉
25	1953	〈지상최대의 쇼〉	게리 쿠퍼 〈지상 최대의 쇼〉	셜리 부스 〈사랑하는 시바여 돌아오라〉
26	1954	〈지상에서 영원으로〉	윌리엄 홀든 〈제17 포로수용소〉	오드리 헵번 〈로마의 휴일〉
27	1955	〈워터프론트〉	말런 브랜도 〈워터프론트〉	그레이스 켈리 〈갈채〉
28	1956	〈마티〉	어니스트 보그나인 〈마티〉	애나 마냐니 〈장미문신〉

29	1957	〈80일간의 세계일주〉	율 브리너 〈왕과 나〉	잉그리드 버그먼 〈아나스타샤〉
30	1958	〈콰이 강의 다리〉	앨릭 기니스 〈콰이 강의 다리〉	조앤 우드워드 〈이브의 세 얼굴〉
31	1959	〈지지〉	데이비드 니븐 〈갈라진 탁자〉	수전 헤이워드 〈나는 살고 싶다!〉
32	1960	〈벤허〉	찰턴 헤스턴 〈벤허〉	시몬 시뇨레 〈꼭대기 방〉
33	1961	〈아파트 열쇠를 빌려드립니다〉	버트 랭커스터 〈엘머 갠트리〉	엘리자베스 테일러 〈버터필드 8〉
34	1962	〈웨스트 사이드 스토리〉	막시밀리안 셸 〈뉘른베르크의 재판〉	소피아 로렌 〈두명의 여인〉
35	1963	〈아라비아의 로렌스〉	그레고리 펙 〈알라바마 이야기〉	앤 밴크로프트 〈여성의 기적〉
36	1964	〈톰 존스의 화려한 모험〉	시드니 포이티어 〈들백합〉	퍼트리샤 닐 〈허드〉
37	1965	〈마이 페어 레이디〉	렉스 해리슨 〈마이 페어 레이디〉	줄리 앤드루스 〈메리 포핀스〉
38	1966	〈사운드 오브 뮤직〉	리 마빈 〈캣 발루〉	줄리 크리스티 〈달링〉
39	1967	〈사계절의 사나이〉	폴 스코필드 〈사계절의 사나이〉	엘리자베스 테일러 〈누가 버지니아 울프를 두려워하랴〉
40	1968	〈밤의 열기 속으로〉	로드 스타이거 〈밤의 열기 속으로〉	캐서린 헵번 〈초대받지 않은 손님〉
41	1969	〈올리버〉	클리프 로버트슨 〈찰리〉	캐서린 헵번 〈겨울의 사자〉 바브라 스트라이잰드 〈퍼니 걸〉
42	1970	〈미드나잇 카우보이〉	존 웨인 〈진실한 용기〉	매기 스미스 〈미스 진 브로디의 전성기〉

43	1971	〈패튼 대전차 군단〉	조지 C. 스콧 〈패튼 대전차 군단〉	글렌다 잭슨 〈사랑하는 여인들〉
44	1972	〈프렌치 커넥션〉	진 해크먼 〈프렌치 커넥션〉	제인 폰다 〈콜걸〉
45	1973	〈대부〉	말런 브랜도 〈대부〉	라이자 마넬리 〈카바레〉
46	1974	〈스팅〉	잭 레몬 〈호랑이를 구하라〉	글렌다 잭슨 〈주말의 사랑〉
47	1975	〈대부2〉	아트 카니 〈해리와 톤토〉	엘런 버스틴 〈앨리스는 이제 여기 살지 않는다〉
48	1976	〈뻐꾸기 둥지 위로 날아간 새〉	잭 니컬슨 〈뻐꾸기 둥지 위로 날아간 새〉	루이즈 플레처 〈뻐꾸기 둥지 위로 날아간 새〉
49	1977	〈록키〉	피터 핀치 〈네트워크〉	페이 던어웨이 〈네트워크〉
50	1978	〈애니 홀〉	리처드 드레이퍼스 〈굿바이 걸〉	다이앤 키턴 〈애니 홀〉
51	1979	〈디어 헌터〉	존 보이트 〈귀향〉	제인 폰다 〈귀향〉
52	1980	〈크레이머 대 크레이머〉	더스틴 호프먼 〈크레이머 대 크레이머〉	샐리 필드 〈노마 레이〉
53	1981	〈보통 사람들〉	로버트 드 니로 〈분노의 주먹〉	시시 스페이식 〈광부의 딸〉
54	1982	〈불의 전차〉	헨리 폰다 〈황금 연못〉	캐서린 헵번 〈황금 연못〉
55	1983	〈간디〉	벤 킹즐리 〈간디〉	메릴 스트립 〈소피의 선택〉
56	1984	〈애정의 조건〉	로버트 듀발 〈텐더 머시스〉	셜리 매클레인 〈애정의 조건〉
57	1985	〈아마데우스〉	F. 머리 에이브러햄 〈아마데우스〉	샐리 필드 〈마음의 고향〉

58	1986	〈아웃 오브 아프리카〉	윌리엄 허트 〈거미여인의 키스〉	제럴딘 페이지 〈바운티풀 가는 길〉
59	1987	〈플래툰〉	폴 뉴먼 〈컬러 오브 머니〉	말리 매틀린 〈작은 신의 아이들〉
60	1988	〈마지막 황제〉	마이클 더글러스 〈월 스트리트〉	셰어 〈문스트럭〉
61	1989	〈레인 맨〉	더스틴 호프먼 〈레인 맨〉	조디 포스터 〈피고인〉
62	1990	〈드라이빙 미스 데이지〉	대니얼 데이루이스 〈나의 왼발〉	제시카 탠디 〈드라이빙 미스 데이지〉
63	1991	〈늑대와 춤을〉	제러미 아이언스 〈행운의 반전〉	캐시 베이츠 〈미저리〉
64	1992	〈양들의 침묵〉	앤서니 홉킨스 〈양들의 침묵〉	조디 포스터 〈양들의 침묵〉
65	1993	〈용서받지 못한 자〉	알 파치노 〈여인의 향기〉	엠마 톰슨 〈하워즈 엔드〉
66	1994	〈쉰들러 리스트〉	톰 행크스 〈필라델피아〉	홀리 헌터 〈피아노〉
67	1995	〈포레스트 검프〉	톰 행크스 〈포레스트 검프〉	제시카 랭 〈블루 스카이〉
68	1996	〈브레이브 하트〉	니컬러스 케이지 〈라스베가스를 떠나며〉	수전 서랜던 〈데드 맨 워킹〉
69	1997	〈잉글리쉬 페이션트〉	제프리 러시 〈샤인〉	프랜시스 맥도먼드 〈파고〉
70	1998	〈타이타닉〉	잭 니컬슨 〈이보다 더 좋을 순 없다〉	헬렌 헌트 〈이보다 더 좋을 순 없다〉
71	1999	〈셰익스피어 인 러브〉	로베르토 베니니 〈인생은 아름다워〉	귀네스 팰트로 〈셰익스피어 인 러브〉
72	2000	〈아메리칸 뷰티〉	케빈 스페이시 〈아메리칸 뷰티〉	힐러리 스웽크 〈소년은 울지 않는다〉

73	2001	〈글래디에이터〉	러셀 크로 〈글래디에이터〉	줄리아 로버츠 〈에린 브로코비치〉
74	2002	〈뷰티풀 마인드〉	덴절 워싱턴 〈트레이닝 데이〉	핼리 베리 〈몬스터 볼〉
75	2003	〈시카고〉	에이드리언 브로디 〈피아니스트〉	니콜 키드먼 〈디 아워스〉
76	2004	〈반지의 제왕: 왕의 귀환〉	숀 펜 〈미스틱 리버〉	샤를리즈 테론 〈몬스터〉
77	2005	〈밀리언 달러 베이비〉	제이미 폭스 〈레이〉	힐러리 스웽크 〈밀리언 달러 베이비〉
78	2006	〈크래쉬〉	필립 시모어 호프먼 〈카포티〉	리스 위더스푼 〈앙코르〉
79	2007	〈디파티드〉	포리스트 휘터커 〈라스트 킹〉	헬렌 미런 〈더 퀸〉
80	2008	〈노인을 위한 나라는 없다〉	대니얼 데이루이스 〈데어 윌 비 블러드〉	마리옹 코티야르 〈라 비앙 로즈〉
81	2009	〈슬럼독 밀리어네어〉	숀 펜 〈밀크〉	케이트 윈슬렛 〈더 리더〉
82	2010	〈허트 로커〉	제프 브리지스 〈크레이지 하트〉	샌드라 불럭 〈블라인드 사이드〉
83	2011	〈킹스 스피치〉	콜린 퍼스 〈킹스 스피치〉	내털리 포트먼 〈블랙 스완〉
84	2012	〈아티스트〉	장 뒤자르댕 〈아티스트〉	메릴 스트립 〈철의 여인〉
85	2013	〈아르고〉	대니얼 데이루이스 〈링컨〉	제니퍼 로렌스 〈실버라이닝 플레이 북〉
86	2014	〈노예 12년〉	매슈 매코너헤이 〈달라스 바이어스 클럽〉	케이트 블란쳇 〈블루 재스민〉
87	2015	〈버드맨〉	에디 레드메인 〈사랑에 대한 모든 것〉	줄리앤 무어 〈스틸 앨리스〉
88	2016	〈스포트라이트〉	레오나르도 디카프리오 〈레버넌트〉	브리 라슨 〈룸〉

89	2017	〈문라이트〉	케이시 애플렉 〈맨체스터 바이 더 씨〉	엠마 스톤 〈라라랜드〉
90	2018	〈셰이프 오브 워터: 사랑의 모양〉	게리 올드만 〈다키스트 아워〉	프란시스 맥도맨드 〈쓰리 빌보드〉
91	2019	〈그린 북〉	라미 말렉 〈보헤미안 랩소디〉	올리비아 콜먼 〈더 페이버릿: 여왕의 여자〉
92	2020	〈기생충〉	호아킨 피닉스 〈조커〉	르네 젤위거 〈주디〉

출처: 위키백과

미국의 대학 Top 100

2018년 기준(순위가 같은 것은 공동순위임)

순위	학교 이름	지역	순위	학교 이름	지역
1	Princeton University	Princeton, NJ	13	Northwestern University	Evanston, IL
2	Harvard University	Cambridge, MA	14	Washington University in St. Louis	St. Louis, MO
3	Yale University	New Haven, CT	15	Cornell University	Ithaca, NY
4	Columbia University	New York, NY	16	Brown University	Providence, RI
4	Stanford University	Stanford, CA	16	University of Notre Dame, IN	Notre Dame, IN
4	University of Chicago	Chicago, IL	16	Vanderbilt University	Nashville, TN
7	Massachusetts Indtitute of Technology	Cambridge, MA	19	Rice University	Houston, TX
8	Duke University	Durham, NC	20	University of California-Berkeley	Berkeley, CA
8	University of Pennsylvania	Philadelphia, PA	21	Emory University	Atlanta, GA
10	California Institute of Technology	Pasadena, CA	21	Georgetown University	Washington, DC
			23	University of California-LA	Los Angeles, CA
11	Dartmouth College	Harnover, NH	23	University of Virginia	Charlottes ville, VA
12	Jhon Hopkins University	Baltmore, MD	25	Carnegie Mellon University	Pittsburgh, PA

서던 캘리포니아에는 비가 오지 않는다

순위	학교 이름	지역	순위	학교 이름	지역
25	University of Southern California	Los Angeles, CA	42	Boston University	Boston, MA
27	Tufts University	Medford, MA	42	Northeastern University	Boston, MA
27	Wake Forest University	Winston-Salem, NC	42	Rensselaer Polytechnic Institute	Troy, NY
29	University of Michigan-Ann Arbor	Ann Arbor, MI	42	University of California-Irvine	Irvine, CA
30	University of North Carolina-Chapel Hill	Chapel Hill, NC	42	University of Illinois-Urbana Champaign	Champaign, IL
31	Boston College	Chestnut Hill, MA	47	University of Wisconsin-Madison	Madison, WI
32	New York University	New York, NY	48	Pennsylvania State University	University Park,PA
33	College of William and Mary	Williamsburg, VA	48	University of Florida	Gainesville, FL
33	University of Rochester	Rochester, NY	48	University of Miami	Caral Gables, FL
35	Brandeis University	Waliham, MA	48	University of Washington	Seattle, WA
35	GeorgiaInstitute of Technology	Atlanta, GA	48	Yeshiva University	New York, NY
37	University of California-San Diego	La Jolla, CA	53	University of Texas-Austin	Austin, TX
38	Case Western Reserve University	Cleveland, OH	54	George Washington University	Washington, DC
38	University of California-Davis	Davis, CA	54	Ohio State University-Columbus	Columbus, OH
40	Lehigh University	Bethlehem, PA	54	Pepperdine University	Malibu, CA
40	University of California-Santa Barbara	Santa Barbara, CA	54	Tulane University	New Orleans, LA
			58	Fordham University	New York, NY

순위	학교 이름	지역	순위	학교 이름	지역
58	Southern Methodist University	Dallas, TX	71	University of Minnesota-Twin Cities	Minneapolis, MN
58	Syracuse University	Syracuse, NY	71	Virginia Tech	Blacksburg, VA
58	University of Connecticut	Storrs, CT	76	Clark University	Worcester, MA
62	Brigham Young University-Provo	Provo, UT	76	Indiana University-Bloomington	Blooming ton, IN
62	Clemson University	Clemson, SC	76	Marquette University	Milwaukee, WI
62	Purdue University-West Lafayette	West Lafayette, IN	76	Miami University-Oxford	Oxford, OH
62	University of Georgia	Atlanta, GA	76	Stevens Institute of Technology	Hoboken, NJ
62	University of Maryland -College Park	College Park, MD	76	SUNY College of Environmental Science and Forestry	Syracuse, NY
62	University of Pittsburgh	Pittsburgh, PA	76	Texas Christian University	Fort Worth, TX
68	Texas A&M University -College Station	College Station, TX	76	University of Delaware	Newark, DE
68	Worcester Polytechnic Institute	Worcester, MA	76	University of Massachusetts-Amherst	Amherst, MA
70	Rutgers,The State University of New Jersey	Piscataway, NJ	85	Michigan State University	East Lansing, MI
71	American University	Washijngton, DC	85	University of California-Santa Cruz	Santa Cruz, CA
71	Baylor University	Waco, TX			
71	University of Iowa	Iowa City, IA			

순위	학교 이름	지역	순위	학교 이름	지역
85	University of Vermont	Burlington, VT	95	Drexel University	Philadelphia, PA
88	Binghamton University -SUNY	Binghamton, NY	95	Florida State University	Tallahassee, FL
			95	North Carolina State University	Raleigh, NC
88	Colorado School of Mines	Golden, CO	95	University of San Diego	San Diego, CA
88	Stony Brook University-SUNY	Stony Brook, NY	99	St. Louis University	St. Louis, MO
88	University of Alabama	Tuscaloosa, AL	99	University of Missouri	Columbia, MO
88	University of Colorado-Boulder	Boulder, CO	99	University of Nebraska- Lincoln	Lincoln
88	University of Denver	Denver, CO	99	University of New Hampshire	Durham, NH
88	University of Tulsa	Tulsa, OK			

출처: usnews.com

미국의 기념일과 축제

□ **신년(New Year's Day, 1월 1일)**

미국의 신년은 우리나라의 그것과 매우 달라 단지 섣달 그믐날(New Year's eve)의 연장이다. 12월 31일 밤에는 가정에서 친구들을 초대하거나 아니면 호텔이나 레스토랑에서 성대한 파티를 연다. 밤 12시가 되면 종을 울리거나 나팔을 불거나, 샴페인을 터뜨려 건배를 하고 "Happy New Year!"을 외치면서 서로 부둥켜안고 키스를 한다. 또 뉴욕 타임즈 스퀘어로 섣달 그믐날 군중이 모이는 것을 TV로 보며 즐기기도 한다.

□ **에피파니(Epiphany, 1월 16일)**

기독교의 축제일이며 통상 1월 6일, 때로는 최초의 일요일에 행한다. 가톨릭교회에서는 이 세 사람의 박사가 어린 예수를 방문한 것을 기념하는 날이며, '삼왕의 축제일'이라고 일컬어진다. 크리스마스로부터 세어 열둘 째 날이므로 'Twelfth Day'라고도 하고, 'Little Christmas'라고도 한다.

□ **성 발렌타인의 날(St. Valentine's Day, 2월 14일)**

기원 후 270년 2월 14일 성 발렌타인이 순교한 날을 기념하는 기독교의 축제일이다. 축제일로 정해진 것은 7세기의 일이지만 14세기경부터 종교적 의미가 흐려지고 오늘날과 같이 풍속적인 것이 되었다. 성 발렌타인은 연인들로부터 수호성인으로 여겨지고 있다. 연인들은 물론 부부, 친한 사람끼리 카드와 초콜릿 등을 교환한다.

□ **워싱턴 탄생일(Washington's Birthday, 2월 22일)**

건국의 아버지요, 초대 대통령인 조지 워싱턴의 위업을 기념하고 아이들에게 전하려는 날인데 예의 벚나무의 일화를 생각하며 버찌(Cherry) 파이를 먹기도 한다. 워싱턴의 저택이 있는 마운트 버논에서 기념식이 있고, 또 이날은 각지의 가게에서 여러 가지 세일이 있다.

□ **성회 수요일(Ash Wednesday, 2월 4일~3월 9일까지 사이의 하루)**

부활절에서 일요일을 제외하고 40일 전으로 거슬러 올라간 기간을 Lent(사순절, 수난절)라고 하는데, 이 Lent의 첫째 날이 "Ash Wednesday"이다. 광야에서 그리스도가 단식한 것을 기념하여 가톨릭교회에서는 이 40일 동안 단식이나 참회를 한다.

□ **성 패트릭스 데이(St. Patrick's Day, 3월 17일)**

4세기 당시 이교도였던 아일랜드에 기독교를 포교한 성자를 축하하는 날이다. 성 패트릭은 아일랜드의 수호성인이며 세계의 가톨릭교도들이 이날을 기린다. 미국에서는 아일랜드계 주민이 많은 동부(뉴욕, 보스턴, 필라델피아, 애틀랜타)에서 성대한 행사가 있다. 뉴욕시에서는 푸른(초록) 의상을 입은 참가자의 퍼레이드가 성 패트릭 사원을 지나 5번가를 행진한다.

□ **부활절(Easter, 3월 22일~4월 25일 사이의 하루)**

그리스도의 죽음과 부활을 기념하는 날. 유대교의 Passover(유월절, 이스라엘 민족의 이집트 탈출 기념일)가 기독교에 도입되어 현재의 부활절이 되었으므로 유태교의 춘분절의 풍습을 많이 남기고 있다. 여러 가지 색칠을 하여 뜰에 숨긴 계란을 찾는 'Easter Egg Hunt'는 아이들의 인기 있는 행사이다. 부활절 아침에는 빨리 밖으로 나가 해돋이를 본다. 그때는 말을 하지 않으며, 강에서 떠낸 물은 아름다움과 건강을 주는데 질병, 특히 눈병을 고친다고 일컬어진다.

□ **벚꽃축제(Cherry Blossom Festival, 3월 말에서 4월 말)**

초대 대통령 워싱턴과 벚나무의 전설을 유명하다. 그가 살고 있던 버지니아주는 벚나무가 많고 지금도 4월이면 집집마다 아름다운 벚꽃이 핀다. 4월 상순에 만발하고 성대한 축제가 열린다. 이 시기의 호텔 예약은 어렵다.

□ **만우절(April Fools' Day, 4월 1일)**

어린이들에게 인기가 있는 날이며, 조크에 쉽사리 걸려든 사람은 'April

Fool'이라 불린다. 그 외에 미국의 4월에 특별한 행사가 없다.

□ 메이데이(May Day, 5월 1일)

노동자의 제전이다. 1886년 5월 1일 미국 36만 명의 노동자가 8시간 노동을 요구하는 스트라이크(strike)와 시위운동이 발단이 되어 1889년 파리에서 개최된 인터내셔널 대회에서 5월 1일을 노동자 계급의 국제적 축제일로 정했다.

□ 어머니의 날(Mother's Day, 5월 둘째 일요일)

필라델피아에서 살고 있는 안나 M. 자비스 양은 1908년 5월 9일 어머니를 잃었다. 그 후 모친의 기제일에는 친구를 모아 추도식을 올리고 있었는데 소문은 점차 퍼져 1913년 3월 펜실베니아주는 이날을 '어머니날'로 정하고 축일로 삼았다. 연방의회도 이듬해인 1914년 윌슨 대통령의 입회하에 5월 둘째 일요일을 '어머니날'로 정하고 축일로 삼는 규정을 내렸다. 이날은 가족이 모친에게 꽃과 카드와 선물 등을 드린다. 모친이 건재하고 있는 사람은 핑크색의 카네이션을, 이미 돌아가신 사람은 흰 카네이션을 가슴에 다는 관습이 있다.

□ 전몰장병 기념일(Memorial Day, 5월 마지막 주 월요일)

별명은 'Decoration Day'라고 한다. 꽃을 장식하는 날이라는 뜻이다. 남북전쟁 후 남부의 가족이 남북 양군의 병사의 무덤에 꽃을 장식하고 있다는 소문을 듣고 북군의 장군 로건이 1868년 5월 30일에 조국을 위해 전사한 병사들의 무덤에 꽃을 장식하도록 포고령을 내렸다. 이날은 대부분의 주에서 축일로 삼고 5월 30일로 정하고 있었으나 1971년부터 5월 마지막 월요일로 바뀌었다.

□ 아버지의 날(Father's Day)

이날은 부친에게 감사하는 날이다. 가족이 부친에게 카드와 선물을 드린다.

□ 독립기념일(Independence day, 7월 4일)

1776년 7월 4일, 필라델피아에서 열린 대륙회의에 의해 독립 선언서가 정식으로 채택된 것을 기념하는 국가의 축일이다. 실제로 채택된 날은 7월 2일이지만 4일이 공식적으로 독립기념일이 된 것은 이날 대륙회의의 의장 헨콕이 각 식민지의 대표자에 의해 승인된 독립선언서에 서명하고 공식화했다는 사실에 의거한다. 이날은 각지에서 기념행사와 퍼레이드, 불꽃놀이 등이 있고 또 날씨가 좋으면 점심을 싸 들고 가까운 공원에 가 피크닉을 즐기는 가정이 많다.

□ 노동절(Labor Day, 9월 첫째 주 월요일)

'The Knights of Labor(노동기사단)'라는 노동조합이 1882년에 처음으로 뉴욕에서 퍼레이드를 벌인 것을 기념하는 날이다. 실제로 주법에 의

해 노동자의 기념일로 삼은 것은 오리건주가 가장 빠르며 1887년의 일이다. 연방의회는 1894년에 9월 첫째 월요일을 각자의 축일로 결정했다. 그런데 미국인은 이날을 노동자의 제전이라기보다는 여름이 끝나고 가을이 시작되는 환절기로 여기고 있으며, 휴일이 겹쳐 있으므로 여행이나 피크닉을 마음껏 즐기는 날로 인식하고 있다.

□ 인디언 썸머(Indian Summer, 9월 중순)

무더운 여름이 지나가고 선선한 가을이 왔다고 느낄 무렵, 갑자기 지나간 여름의 무더위가 되찾아 온다. 주기적으로 이와 같은 무더위가 되풀이되면서 본격적인 가을로 접어들게 되는데 단 기간이긴 하지만 심한 무더위가 연발된다.

□ 콜럼버스 데이(Columbus Day, 10월 둘째 주)

크리스토퍼 콜럼버스가 1492년 미국 대륙을 발견한 것을 기념하는 날이다. 미합중국과 캐나다 일부, 대부분의 라틴 아메리카 등 여러 나라에서 퍼레이드를 벌이거나 교회에서 예배를 보거나 학교에서 특별한 행사를 하며 축하한다. 정식으로 이날이 축일이 된 것은 콜럼버스가 미국을 발견한 지 300년 후인 1792년이 되어서이다.

□ 재향군인의 날(Veterans Day, 10월 넷째 주 월요일)

제1차와 제2차 세계대전의 종전을 기념하는 날이며 '휴전의 날'이라 불리고 있었는데 아이젠하워 대통령이 명칭을 바꾸었다. 세계 평화를 기원하는 뜻도 포함되어 있다. 각지에서 재향군인들의 퍼레이드, 국기 게양이 있고 알링턴의 무명용사의 묘지에서 의식이 거행된다.

□ **할로윈(Halloween, 10월 31일 밤)**

이날은 어린이들이 크리스마스 못지않게 자유로이 즐겁게 놀 수 있는 날이다. 학교에서 돌아오면 1주일 전부터 요괴의 탈과 옷으로 변장하고 해가 지는 것을 기다렸다가 "Trick or Treat(먹을 것을 주지 않으면 혼내줄 테야)."라고 말하면서 각 가정을 돌며 캔디를 얻는다. 기원은 매우 오래되었으며 아일랜드와 스코틀랜드에 살고 있던 켈트족의 만성절, 즉 신년(11월 1일)의 전야 All Hallows Eve로 거슬러 올라간다. 이날은 전년도에 죽은 사람의 공양을 하는 날인 동시에 요정이나 마녀가 고양이로 둔갑하여 출몰하는 날이기도 했다. 그런데 이 전통이 미국 대륙에 전해지자 악마의 얼굴이 호박으로 바뀌어 무서운 만성절이 아이들의 즐거운 날이 된 것이다. 호박을 사람 얼굴 모양으로 파낸 등을 만드는 습관이 이렇게 이루어진 것이다. 각 가정에서는 아이들의 방문에 대비하여 캔디 봉지를 몇십 개를 준비한다.

□ **추수감사절(Thanksgiving Day, 11월 넷째 주 목요일)**

금년도 하나님의 은혜가 있었음을 감사하는 날이다. 이 축일은 종교적, 역사적 의미를 지니며 1620년 신교의 자유를 찾아 영국에서 메이플라

위호로 건너온 청교도들(The Pilgrim Fathers)은 거친 자연과 싸우면서 이듬해 결실의 가을을 맞이할 수 있었다. 1789년 워싱턴 대통령은 그때 까지 가끔 거행된 이 축제를 국민 전체가 매년 축하하도록 했고, 1863 년 링컨 대통령 때 정식으로 국민의 축일로 정해졌다. 당시는 11월 마지막 목요일이었으나 1939년 루즈벨트 대통령 때 넷째 목요일로 변경되었다.

□ 인권의 날(Human Right Day, 12월 10일)

세계의 모든 사람은 인종, 성, 언어, 종교, 노약에 의한 차별을 받지 않고 인권과 기본적인 자유가 존중되어야 한다는 세계 인권선언이 1948년 12월 10일 UN총회에 의해 공포되었다.

□ 크리스마스(Christmas, 12월 25일)

그리스도의 탄생일이다. 크리스마스는 영어로 그리스도의 미사(성찬식)라는 뜻이다. 'X mas'라고 쓸 때 X는 그리스어의 크리스토스(Xristos)의 머리글자를 사용한 것이다. 중세 및 그 이후의 크리스마스에 연유한 행사나 전설 중에서 현대에 남아 있는 것은 크리스마스 캐럴, 크리스마스 트리, 크리스마스 요리 (돼지구이, 칠면조, 민스파이 - Mince Pie, 플럼푸딩 - Plum Pudding) 정도이다. 미국의 크리스마스는 크리스마스 카드로 시작된다.

출처: 위키피디아, kin.naver.com/qna/detail.nhn?

미국의 대표 아울렛

네바다
Laughlin- Laughlin Outlet Center

네브라스카
Gretna- Nebraska Crossings Outlet Stores

노스 캐롤라이나
Blowing Rock- Tanger Shoppes on the Parkway
Burlington- Burlington Outlet Village
Concord- Concord Mills
Hickory- Hickory Furniture Mart
Nags Head- Tanger Outlet Center
Smithfield- Carolina Premium Outlets

뉴멕시코
Santa Fe- Santa Fe Outlets

뉴욕
Central Valley- Woodbury Premium Outlets
Deer Park- Tanger Outlet Deerpark
Niagara Falls- Fashion Outlets of Niagara Falls
Riverhead- Tanger Outlet Center I &II
Waterloo- Waterloo Premium Outlets

뉴저지
Atlantic City- Atlantic City Outlets, The Walk
Flemington- Liberty Village Premium Outlets
Jackson- Jackson Premium Outlets
Neptune- Jersey Shore Premium Outlets

댈러웨어
Rehoboth Beach- Tanger Outlet Center

루이지에나
Bossier City- Louisiana Boardwalk
Gonzales- Tanger Outlet Center

매릴랜드
Hagerstown- Prime Outlets at Hagerstown
Hanover- Arundel Mills
Ocean City- Ocean City Factory Outlets
Perryville- Perryville Outlets
Queenstown- Prime Outlets at Queenstown

메사추세스
Lee- Prime Outlets at Lee
Wrentham- Wrentham Village Premium Outlets

메인
Kittery- Kittery Premium Outlets
Kittery- Tanger Outlet Center I &II

미네소타

Albertville- Albertville Premium Outlets
Medford- Preferred Outlets at Medford,
Minneso
North Branch- North Branch Outlets

미시간

Auburn Hills- Great Lakes Crossing
Birch Run- Prime Outlets at Birch Run
Howell- Tanger Outlets - Kensington
Valley
West Branch- Tanger Outlet Center

미시시피

Batesville- Factory Stores at Batesville
Gulfport- Prime Outlets at Gulfport
Robinsonville- Casino Factory Shoppes

미주리

Branson- Factory Merchants Branson
Branson- Tanger Outlet Center- Branson
Branson- The Shoppes at Branson
Meadows
Hazelwood- St. Louis Mills
Osage Beach- Osage Beach Premium
Outlets
Sikeston- Sikeston Factory Outlet Stores
Warrenton- Preferred Outlets at Warrenton

버몬트

Manchester Center- Manchester Designer
Outlets

버지니아

Leesburg- Leesburg Corner Premium
Outlets

Lightfoot- The Williamsburg Outlet Mall
Williamsburg- Prime Outlets at
Williamsburg
Woodbridge- Potomac Mills

사우스 캐롤라이나

Gaffney- Prime Outlets at Gaffney
Myrtle Beach- Tanger Outlet Center
Myrtle Beach- Tanger Outlet Center
North Charleston- Tanger Outlet Center

아리조나

Anthem- Outlets at Anthem
Tueson- Foothills Mall
Tempa - Arizona Mills
Casa Grande- The Outlets at Casa Grande

아이다호

Boisr- Boise Factory Outlets

아이오와

Williamsburg- Tanger Outlet Center

알라바마

Bessemer- WaterMark Place Outlets
Foley- Tanger Outlet Center

오리건

Bend- Bend Factory Stores
Lincoln City- Tanger Outlet Center

오하이오

Aurora- Aurora Farms Premium Outlets
Burbank- Prime Outlets at Lodi
Jeffersonville- Prime Outlets at
Jeffersonville

Monroe- Cincinnati Premium Outlets

워싱턴
Auburn- SuperMall of the Great Northwest
Burlington- Prime Outlets at Burlington
Centralia- Centralia Factory Outlets
Marysville- Seattle Premium Outlets
North Bend- Factory Stores at North Bend

웨스트 버지니아
Sutton- Flatwoods Factory Stores

위스콘신
Baraboo- Tanger Outlet Center
Johnson Creek- Johnson Creek Premium
Outlets
Oshkosh- The Outlet Shoppes at Oshkosh
Pleasant Prairie- Prime Outlets at Pleasant
Prairie

유타
Park City- Tanger Outlet Center- Park City

캔사스
올레이서- The Great Mall of the Great
Plains

캘리포니아
Ontrario- Ontario Mills
Los Angeles - Citadel Outlets
Bastow- Barstow Outlets
Camarillo- Camarillo Premium Outlets
Folsom- Folsom Premium Outlets
Gilroy- Gilroy Premium Outlets
Lake Elsinore- Lake Elsinore Outlets
Napa- Napa Premium Outlets

Pacific Grove- American Tin Cannery
Outlets
Petaluma- Petaluma Village Premium
Outlets
Pismo Beach- Prime Outlets at Pismo
Beach

조지아
Savannah - Savannah Festival Outlet
Center
Dawsonville- North Georgia Premium
Outlets
Lawrenceville- Sugarloaf Mills
Locust Grove- Tanger Outlet Center

코네티컷
Clinton- Clinton Crossing Premium Outlets
Westbrook- Tanger Outlet Center

테네시
Nashville- Opry Mills
Crossville- Crossville Outlet Center
Lebanon- Prime Outlets at Lebanon
Sevierville- Tanger at Five Oaks

펜실베니아
Philadelphia - Franklin Mills
Gettysburg- The Outlet Shoppes at
Gettysburg
Grove City- Prime Outlets at Grove City
Hershey- The Outlets at Hershey
Lahaska- Penn's Purchase Factory Outlet
Village
Lancaster- Rockvale Square Outlets
Lancaster- Tanger Outlet Center-
Lancaster

Pottstown- Philadelphia Premium Outlets
Reading- VF Outlet Village
Tannersville- The Crossings Premium
Outlets

인디애나
Edinburgh- Edinburgh Premium Outlets
Fremont- The Outlet Shoppes At Fremont
Michigan City- Lighthouse Place Premium
Outlets

일리노이
Aurora - Chicago Premium Outlets
Gurnee- Gurnee Mills
Huntley- Prime Outlets at Huntley
Tuscola- Tanger Outlet Center at Tuscola

텍사스
Round Rock- Round Rock Premium
Outlets
Allen- Allen Premium Outlets
Conroe- Outlets at Conroe
Cypress- Houston Premium Outlets
Grapevine- Grapevine Mills
Hillsboro- Outlets at Hillsboro
Katy- Katy Mills
Mercedes- Rio Grande Valley Premium
Outlets
San Marcos- Prime Outlets at San Marcos
San Marcos- Tanger Outlet Center- San
Marcos
Terrell- Tanger Outlet Center- Terrell

콜로라도
Castle Rock- The Outlets at Castle Rock
Loveland- The Outlets at Loveland

Silverthorne- Outlets at Silverthorne

플로리다
miami- Dolphin Mall
Orlanndo- Lake Buena Vista Factory
Stores
Orlanndo- Orlando Premium Outlets
Orlanndo- Outlet Marketplace
Orlanndo- Prime Outlets International
Orlando
Estero- Miromar Outlets
Fort Myers- Tanger Factory Stores- Fort
Myers
Saint Augustine- Prime Outlets St.
Augustine
Vero Beach- Vero Beach Fashion Outlets

하와이
Waipahu- Waikele Premium Outlets

출처: lifeinus.com

Top 100 Country Songs Of All Time

1. He Stopped Loving Her Today - George Jones

2. Crazy - Patsy Cline

3. Your Cheatin' Heart - Hank Williams, Sr.

4. I Fall To Pieces - Patsy Cline

5. El Paso - Marty Robbins

6. I'm So Lonesome I Could Cry - Hank Williams, Sr.

7. Today I Started Loving You Again - Merle Haggard

8. Lovesick Blues - Hank Williams, Sr.

9. He'll Have To Go - Jim Reeves

10. The Dance - Garth Brooks

11. Sixteen Tons - Tennessee Ernie Ford

12. San Antonio Rose - Bob Wills And His Texas Playboys

13. Workin' Man Blues - Merle Haggard

14. I Walk The Line - Johnny Cash

15. Mama Tried - Merle Haggard

16. Coal Miner's Daughter - Loretta Lynn

17. Old Dogs, Children, And Watermelon Wine - Tom T Hall

18. Always on My Mind - Willie Nelson

19. Oh, Lonesome Me - Don Gibson

20. Tiger by the Tail - Buck Owens

21. Stand By Your Man - Tammy Wynette

22. Jambalaya - Hank Williams Sr.

23. Ring of Fire - Johnny Cash

24. For The Good Times - Ray Price

25. White Lightning - George Jones

26. The Last Thing on My Mind - Porter Wagoner&Dolly Parton

27. Tennessee Waltz - Patti Page

28. I Can't Stop Loving You - Don Gibson

29. It Wasn't God Who Made Honky-Tonk Angels - Kitty Wells

30. Rainy Day Woman - Waylon Jennings

31. Make The World Go Away - Eddy Arnold

32. Coat Of Many Colors - Dolly Parton

33. Walking The Floor Over You - Ernest Tubb

34. Forever And Ever, Amen - Randy Travis

35. Faded Love - Bob Wills And His Texas Playboys

36. Smoky Mountain Rain - Ronnie Milsap

37. Hey Good Lookin' - Hank Williams, Sr

38. Suspicious Minds - Elvis Presley

39. Wabash Cannonball - Roy Acuff

40. The Battle of New Orleans - Johnny Horton

....

41. The Cattle Call - Eddy Arnold

42. I Can't Help It (If I'm Still In Love With You) - Hank Williams, Sr.

43. Chiseled In Stone - Vern Gosdin

44. Tight Fittin' Jeans - Conway Twitty

45. Hello Darlin' - Conway Twitty

46. Delta Dawn - Tanya Tucker

47. Dreaming My Dreams With You - Waylon Jennings

48. only Daddy That'll Walk The Line - Waylon Jennings

49. Anytime - Eddy Arnold

50. Tumbling Tumbleweeds - The Sons Of The Pioneers

51. I Will Always Love You - Dolly Parton

52. I Think I'll Just Stay Here and Drink - Merle Haggard

53. Hello Walls - Faron Young

54. Here In The Real World - Alan Jackson

55. Bouquet of Roses - Eddy Arnold

56. Good-Hearted Woman - Waylon Jennings

57. I Sang Dixie - Dwight Yoakam

58. Okie From Muskogee - Merle Haggard

59. Rocky Top - The Osborne Brothers

60. Blue Eyes Crying In The Rain - Willie Nelson

61. Pure Love - Ronnie Milsap

62. Louisiana Woman, Mississippi Man - Conway Twitty&Loretta Lynn

63. God Bless The USA - Lee Greenwood

64. Sunday Morning Comin' Down - Johnny Cash

65. Crazy Arms - Ray Price

66. Here's a Quarter(Call Someone Who Cares) - Travis Tritt

67. Help Me Make It Through The Night - Sammi Smith

68. You've Never Been This Far Before - Conway Twitty

69. Waltz Across Texas - Ernest Tubb

70. Love in the Hot Afternoon - Gene Watson

71. I'm Movin' on - Hank Snow

72. Jolene - Dolly Parton

73. Lead Me on - Conway Twitty &Loretta Lynn

74. Mamas Don't Let Your Babies Grow Up To Be Cowboys - Willie Nelson&Waylon Jennings

75. She's Got You - Patsy Cline

76. Luckenbach, Texas - Waylon Jennings

97. What a Difference You've Made In My Life - Ronnie Milsap

98. Cool Water - Bob Nolan &The Sons Of The Pioneers

99. D-I-V-O-R-C-E - Tammy Wynette

100. Wildwood Flower - The Carter Family

출처: cmt.com

서던 캘리포니아에는
비가 오지 않는다

ⓒ 이영길, 2020

초판 1쇄 발행 2020년 6월 22일

지은이   이영길
펴낸이   이기봉
편집   좋은땅 편집팀
펴낸곳   도서출판 좋은땅
주소   서울 마포구 성지길 25 보광빌딩 2층
전화   02)374-8616~7
팩스   02)374-8614
이메일   gworldbook@naver.com
홈페이지 www.g-world.co.kr

ISBN   979-11-6536-444-1 (03810)

- 가격은 뒤표지에 있습니다.
- 이 책은 저작권법에 의하여 보호를 받는 저작물이므로 무단 전재와 복제를 금합니다.
- 파본은 구입하신 서점에서 교환해 드립니다.

이 도서의 국립중앙도서관 출판예정도서목록(CIP)은 서지정보유통지원시스템 홈페이지(http://seoji.nl.go.kr)와 국가자료공동목록시스템 (http://www.nl.go.kr/kolisnet)에서 이용하실 수 있습니다. (CIP제어번호 : CIP2020021285)